DREAMBOOKS★

완전기억자

강형욱 현대판타지 장편소설
MODERN FANTASY STORY & ADVENTURE

8

dream
books
드림북스

완전기억자 8

초판 1쇄 인쇄 / 2015년 11월 6일
초판 1쇄 발행 / 2015년 11월 16일

지은이 / 강형욱

발행인 / 오영배
책임편집 / 편집부
펴낸 곳 / (주)삼양출판사 · 드림북스

주소 / 서울시 강북구 도봉로 173
대표 전화 / 02-980-2112 팩스 / 02-983-0660
편집부 전화 / 02-980-2116 팩스 / 02-983-8201
블로그 / blog.naver.com/dreambookss

등록번호 / 제9-00046호
등록일자 / 1999년 3월 11일

ⓒ 강형욱, 2015

값 8,000원

ISBN 979-11-313-0358-0 (04810) / 979-11-313-0185-2 (세트)

* 지은이와 협의하에 인지는 생략합니다.
* 잘못된 책은 구입한 곳에서 바꾸어 드립니다.

이 도서의 국립중앙도서관 출판시도서목록(CIP)은 서지정보유통지원시스템홈페이지
(http://seoji.nl.go.kr)와 국가자료공동목록시스템(http://www.nl.go.kr/kolisnet)에서
이용하실 수 있습니다. (CIP제어번호: 2015030033)

완전기억자

강형욱 현대판타지 장편소설

MODERN FANTASY STORY & ADVENTURE

8

dream
books
드림북스

완전기억자

목차

Chapter. 01

건형은 말 그대로 빛이 되어 사라졌다.

지수는 믿을 수 없는 얼굴로 건형이 사라진 방향을 쫓고 있었다.

이미 그는 보이지 않는 점이 되어 있었다.

주변 사람들도 당황한 표정으로 그것을 쳐다보는 중이었다.

믿기지 않는 일이다.

무슨 초능력자를 보는 것 같았다.

최근 미국에서 방영 중인 드라마 '플래시'의 남자 주인

공이 여기 나타난 게 아닌가 싶었다.

그런데 막상 그가 떠나자 빈자리가 느껴졌다.

생각해 보니 자신 혼자 남아 버렸다.

'……나쁜 사람 같으니라고.'

아까 통화하는 분위기를 보아하니 지현하고 관련이 있는 일이 아닌가 싶었다.

'도대체 지현씨 한테 무슨 일이 생긴 거지?'

평소 냉정하기 이를 데 없는 박건형이다.

그가 저렇게 흥분했다는 것 자체가 믿기지 않는 일이다.

'좋지 않은 일이 발생한 게 틀림없어.'

여자의 감은 예리하다.

무슨 일이 터진 게 분명했다.

그녀는 다급히 비서에게 연락을 취했다. 그리고 자초지종을 알아봐 줄 것을 부탁했다.

무슨 일이 생긴 건지 확인해 봐야 했다.

건형은 휴대폰을 놓지 않은 채 순식간에 서울 도심을 가파르게 달리기 시작했다.

급격하게 움직이며 건형은 강남을 벗어나서 사람들이 드문 도로를 따라 빠르게 움직였다.

솔직히 말해서 다른 사람을 신경 쓸 겨를이 전혀 없었다.

이 일로 인해 이목을 끈다고 해도 지금은 어쩔 수 없는 일이었다.

지금 당장 그가 중요하게 생각하고 있는 건 지현의 안위였다.

문제는 너무 빠른 속도로 이동하고 있는 탓에 수화기 소리도 제대로 들리지 않고 있다는 점이었다.

거의 그는 인간이 낼 수 있는 한계치로 움직이고 있었으니까.

완전기억능력 덕분에 신체의 대사가 촉진됐고 이미 그는 극한의 신체를 유지하고 있었다.

누가 봤다면 한 줄기 선이 그어진 듯한 그런 인식을 받았을 터였다.

건형은 순식간에 집 근처까지 도착했다.

주변은 조용했다.

일단 그는 기세를 집 주변에 퍼트렸다.

그의 기세가 집 안 구석구석까지 파고들었다.

주변에 움직이는 기척이 있는지 없는지 살펴보기 위해서였다.

'아무것도 없다…….'

통화는 진즉에 끊겼다.

건형은 애써 마음을 굳게 다잡았다. 그리고 조심스럽게 집 안으로 발걸음을 옮겼다.

이리저리 어지럽혀져서 박살 난 가구들이 제일 먼저 눈에 들어왔다.

지현이 골드코스트에서 사서 가지런히 정리해 뒀던 기념품들도 부서진 채 바닥에 널브러져 있었다.

박건형은 입술을 깨물었다.

예상했던 일이다.

그는 애써 마음을 가라앉혔다.

침착해야 한다.

오히려 이럴 때일수록 흥분해 봤자 도움되는 건 없다.

머리를 최대한 차갑게 가라앉히려고 마음먹었다.

그렇지만 그럴수록 분노가 들끓어 오르고 있었다.

분명히 그는 일루미나티와 평화협정을 맺었었다. 서로 간에 피해를 입히지 않는 이상 절대 간섭하지 않기로.

그것 때문에 건형은 여태까지 별다른 제스처를 취하지 않았다.

로얄 클럽의 요청에도, 르네상스의 구애에도 그가 좀처럼 움직이지 않던 이유가 바로 이것 때문이다.

그러나 그들이 먼저 이런 식으로 움직였다.

전쟁 선포를 한 셈이다.

이게 그들의 의도라면?

받은 만큼 갚아 줄 생각이었다.

＊   ＊   ＊

지하로 내려오는 계단에 건형이 멈춰 섰다.

단단하기 이를 데 없는 철문은 움푹 파여 있었고 갈기갈기 찢겨진 상태였다.

지하실에서 지하실로 이동할 수 있는 통로 역시 사정은 마찬가지였다.

한쪽 벽면에는 손톱으로 긁은 것처럼 보이는 긴 선이 다섯 줄 깊숙이 파여 있었다.

'……'

건형은 울컥거리는 마음을 애써 가라앉혔다.

아직 지현은 찾지 못했다.

그녀가 죽었으리란 보장은 없다.

그는 끝까지 마음을 굳게 다잡으며 안쪽으로 발걸음을 옮겼다.

한 사람이 군데군데 도망친 흔적이 보였다.

그 흔적 뒤로 복수의 사람이 뒤쫓고 있었다.

한 명은 아니다.

두 명으로 추측됐다.

'지현이는 도대체 어디로 간 거지.'

건형은 그 흔적을 차곡차곡 쫓았다.

그리고 그는 지현의 집 현관에서 남은 흔적을 잡을 수 있었다.

산산조각 부서진 유리창.

핏자국.

그리고 둘러업고 다급히 떠난 듯한 자국.

거실 쪽 커튼이 반쯤 찢겨진 흔적이 두드러지게 들어왔다.

'……깨진 유리창, 핏자국과 커튼, 그리고 급히 움직인 듯한 흔적.'

떠오르는 건 하나다.

지현이가 다급히 지하실 계단을 밟고 올라와서 도망치려고 한다.

그러다가 느긋하게 쫓아오고 있는 사내들한테 붙잡힐 위기에 처한다.

다급해진 그녀가 발버둥을 치다가 현관 쪽 유리창을 깨

트리고 실수로 손이나 발 같은 곳이 베인다.

녀석들은 피가 철철 흐르는 지현을 지혈하기 위해 커튼을 길게 찢었을 것이다.

그리고 그녀를 업고 이 자리를 바쁘게 떠난 모양이었다.

'일단 살아 있을 거야.'

가장 심중에 의심이 가는 건 역시 일루미나티다.

평화협정을 맺은 상태에서 왜 그들이 이렇게 움직였는지 이해할 수 없지만 가장 의심이 가는 건 그들임이 확실하다.

'장형철일 수도 있지 않을까?'

물론 하나 더 의심이 가는 곳이 있다.

강해찬 국회의원과 장형철.

그러나 건형은 그들은 절대 아닐 것이라고 확신할 수 있었다.

아르고스의 눈.

그게 지금 서울특별시 전역을 감시하고 있었기 때문이다.

그러나 그들한테 별다른 일이 일어난 듯한 정황은 없었다.

그래도 확실하게 해 둬야 했다.

건형은 곧장 지혁에게 전화를 걸었다.

[어? 무슨 일 있어?]

"지현이가…… 납치당했어요."

[뭐라고? 너 지금 거짓말하는 거 아니지?]

"그럴 리가 없잖아요."

[장형철 쪽에서는 별다른 움직임 없었어. 여태 조용하기만 했는데…….]

"장형철 쪽은 아닌 거 같아요."

[그러면?]

"일루미나티가 아닐까 싶어요. 왜 그랬는지는 모르겠지만요. 그래서 말인데 지현이 위치 좀 찾을 수 있는 방법이 없을까요?"

[아르고스의 눈을 쓰는 건 어떨까?]

"음, 아직 아르고스의 눈이 완벽하지 않은 상태라서 문제가 생길 가능성이 농후하다고 봐요. 다른 좋은 방법이 필요한데…… 괜찮은 방법이 딱히 생각나질 않네요."

[흠…….]

건형 말에 지혁이 머리를 긁적였다.

자신 역시 마땅한 방법이 떠오르지 않았다.

그녀한테 위치 추적 장치를 붙여 둔 것도 아니고 그녀가 휴대폰을 갖고 있는 것도 아니다.

누가 그녀를 데려갔는지도 알 수 없는 상황.

모든 상황이 지금 미궁에 빠져 버린 것이나 마찬가지다.

그런 상황에서 당장 기대볼 만한 건 수소문뿐이다.

어쨌든 그들도 머무를 곳이 필요할 테고 그곳을 집중적으로 수색하게 하면 그만이다.

그러나 용의주도한 자들일 것이다.

그렇지 않으면 이렇게 탑클래스 연예인을 납치할 생각을 했을 리 없다.

'일루미나티에서 만들어 낸 목적 초인일 가능성도 있어.'

일루미나티는 연금술로도 유명한 집단이다.

그들은 오랜 시간 영생을 꿈꿔 왔고 여러 가지 생명공학, 화학, 그리고 수많은 것들을 끊임없이 연구하고 개발해 왔다.

그것들을 통해 그들은 강화된 신체에 탁월한 임무수행 능력을 갖춘 초인들을 만들어 내기 시작했다.

그런 목적 초인들을 보냈을 가능성도 충분히 생각해 봐야만 했다.

'……어떻게 해야 하지?'

그때 문득 생각나는 게 있었다.

그는 몇몇 사람들의 능력을 일깨워 줬었다.

그러면서 본의 아니게 자신의 능력이 그 사람들한테도 흡수됐다. 그리고 자신에게 이유 없이 빠져드는 그런 부작

용이 생겨났다.

'지현이 내 능력을 약간이라도 흡수했을 가능성은 없을까?'

그런 생각에 건형은 완전기억능력을 최대한 끌어 올렸다.

머릿속으로 완전기억능력을 사방에 퍼트린다고 생각을 했다.

그러면서 뇌 속 깊은 곳에 뭉쳐 있던 거대한 기파가 서울특별시를 뒤덮기 시작했다.

어마어마한 기파가 뿜어졌고 건형은 최대한 정신을 집중한 채 그 흔적을 뒤쫓았다.

그러면서 비슷한 기운을 품고 있는 특별한 무언가를 하나둘 찾아냈다.

개중 몇몇은 방송국에 머무르고 있었다.

레브 엔터테인먼트 소속 몇몇 연예인들이 분명했다.

그러던 어느 순간 생소한 지역에 뚜렷한 감각이 느껴졌다.

다른 사람들에 비해 훨씬 더 진한 감각이다.

'이 감각은……'

건형이 눈빛을 빛냈다.

이 기운이 분명했다.

그는 다급히 그 위치를 쫓았다.

서서히 머리가 지끈거리고 있었다.

뿐만 아니라 오한이 든 것처럼 몸의 균형이 무너지는 중이었다.

여기서 더 능력을 끌어냈다가는 심각한 부상을 입을지도 몰랐다.

잘못하면 뇌출혈이 일어날 수도 있는 상황.

그렇지만 지금은 지현을 찾아야만 했다.

그것을 위해서라면 이 정도 무리하는 건 일도 아니었다.

결국 그는 흔적을 찾아냈다.

그 흔적이 닿아 있는 곳은 김포공항이었다.

김포공항 근처에서 기운이 뚜렷하게 느껴지고 있었다.

콰앙!

건형은 주저 없이 몸을 날렸다.

그리고 그는 다시 한 번 김포공항을 향해 순식간에 움직이기 시작했다.

*   *   *

"일은 무사히 끝마쳤습니다. 주인님."

[은밀하게 빼냈겠지?]

"그게 약간의 문제가 있었습니다."

[무슨 문제?]

"그게…… 여자가 반항하다가 다쳤습니다. 그래서 마무리를 제대로 못 하고 올 수밖에 없었습니다."

노벨 아이젠하워가 얼굴을 구겼다.

자신 밑에 있는 수하들 중에서 최고만을 뽑아서 보냈다.

그래서 반드시 성공할 것이라고 믿었다.

여자를 빼내는 데는 성공한 것 같지만 다른 문제가 생긴 모양이다.

[생명에는 지장이 없는 거겠지?]

"예. 자상이 조금 깊게 나긴 했지만 생명에 지장이 있을 정도는 아닙니다."

[그럼 됐다. 이미 근처 공군기지에 연락을 취해 뒀으니까 준비가 되는 대로 공군기지로 이동해서 곧장 귀국하도록 해라.]

"예, 알겠습니다."

사내는 통화를 끊었다.

그리고 힐끗 지현을 쳐다봤다.

지현의 안색은 파리했다.

다급히 지혈을 하긴 했지만 피를 꽤 많이 흘린 탓에 상태가 좋지 않았다.

"괜찮겠지?"

"공군기지에 의사가 있을 거야. 그 사람한테 물어보면
되겠지."

그들이 향하려는 곳은 미 공군기지였다.

미 공군기지에는 당연히 상시 거주 중인 의사가 있을 테
고 그한테 도움을 받을 생각이었다.

그런데 그때였다.

엄청난 바람이 불어닥치기 시작했다.

두 사람이 눈을 껌뻑였다.

'이건……'

'설마?'

그들이 당황해할 때였다.

바람을 거치고 한 사람이 모습을 드러냈다.

얼굴은 창백하기 이를 데 없었지만 눈빛만큼은 사납게
빛나고 있었다.

그는 박건형이었다.

*   *   *

건형은 이글거리는 눈빛으로 두 놈을 쳐다봤다.

다행히 그는 완전기억능력을 이용, 지현의 위치를 찾을 수 있었다.

김포공한 인근의 한 저택이었다.

그래서 그는 확인을 끝내자마자 곧장 이쪽으로 달려왔고 지현을 단숨에 찾을 수 있었다.

그리고 지현을 찾자마자 이것저것 잴 생각 없이 곧장 달려든 것이었다.

이곳에 도착하자마자 건형이 본 건 금발의 사내 두 명이었다.

그는 차가운 얼굴로 그들을 노려봤다.

그들이 갑작스럽게 나타난 건형을 바라봤다. 그리고 서로 눈짓을 주고받다가 곧장 건형에게 달려들었다.

첫 번째 금발 녀석은 불꽃을 뿜어냈다.

온몸이 불꽃으로 이글거리는 녀석이었는데 그대로 건형을 향해 불길을 뿜어내고 있었다.

두 번째 녀석은 온몸을 금속화시킬 수 있는 놈인 듯했다.

온몸이 은백색으로 물들더니 대뜸 달려들며 오른손을 휘둘렀다.

그 순간 문짝이 두 동강이 났다.

그야말로 괴물들이 따로 없었다.

건형이 뒤로 물러나며 완전기억능력을 끌어 올렸다.

그리고 그와 함께 두 사람의 뇌파를 동시에 컨트롤하기 시작했다.

"크어어억."

먼저 반응한 건 두 번째 녀석이었다.

그 녀석은 머리를 부여잡으며 괴로워하더니 이내 온몸이 뒤룩뒤룩 부풀어 오르기 시작했다.

그러나 첫 번째 녀석은 조금 달랐다.

그는 애써 머리를 흔들어 보이며 건형에게 저항하려 하고 있었다.

그러는 동안 건형은 점점 더 사방으로 완전기억능력을 퍼트렸다.

그 순간 두 사람은 물론 아래층에서 자리 잡고 있던 몇몇 용병들마저 온몸을 새우처럼 접은 채 비틀거리기 시작했다.

"크아아아아."

비명 소리가 사방에서 흘러나오기 시작했다.

하지만 건형은 멈추지 않았다.

오히려 더욱더 힘을 줬다.

그리고 그들을 향해 계속 압박해 들어갔다.

그와 함께 두 번째 녀석이 제일 먼저 변화를 일으켰다.

보글보글거리며 기포가 올라오던 팔뚝이 급속도로 커지는가 싶더니 이내 부풀어 오른 풍선이 갑자기 터진 것처럼 폭발했다.

그러면서 그 아래 핏물이 흥건하게 고였다.

마치 염력으로 상대를 찌부러트린 듯한 그런 느낌이었다.

불꽃으로 변했던 첫 번째 녀석도 견디질 못했다.

순식간에 불꽃이 사그라들더니 이내 흔적도 남기지 못하고 아예 시체마저 사라져 버렸다.

그 자리에 남은 건 아무것도 없었다.

뒤이어 아래층에 있던 용병들마저 피골이 상접해 가듯 삐쩍 말라 갔다.

잠시 뒤 그들은 푸석푸석해진 상태로 생기를 완전히 잃어버렸다.

주변에 살아 있는 것의 움직임이 완전히 없어졌을 때야 비로소 건형은 능력을 멈췄다.

자신도 모르는 사이 무의식적으로 펼친 것이었다.

그러나 그 결과는 끔찍하기 이를 데 없었다.

그는 흥건하게 고여 있는 핏물을 쳐다봤다.

사람을 죽였다.

이렇게 될 거라고 생각하지는 못했다.

그렇지만 분노에 휩싸인 그는 자신의 능력을 컨트롤하는데 실패했고 자신도 모르게 뇌파를 마치 전자기파처럼 사방에 퍼트리게 된 것이었다.

그러면서 그 뇌파를 이용한 전자기파가 지현을 제외하고 근처에 있는 모든 사람들의 뇌를 곤죽으로 만들어 버렸다.

물론 이건 건형도 전혀 예측하지 못한 그런 것이었다.

자신의 능력이 이 정도로 살상력을 가지고 있을 것이라고는 생각해 보지 못했으니까.

"내가…… 이렇게 만든 건가?"

자신의 진짜 능력을 하나둘씩 각성해 가기 시작하는 건형이었다.

                    *   *   *

건형은 기절해서 축 늘어져 있는 지현을 바라봤다.

오른팔이 커튼으로 감겨 있었는데 피가 새어 나와 커튼을 적시고 있었다.

당장 그녀를 안고 병원으로 달려가고 싶었다.

그러나 지금 이 상태로 가속을 할 수는 없었다.

그랬다가 지현에게 무슨 영향을 끼칠지 알 수 없었다.

조심해서 움직여야 했다.

'근처에 차가 있으면 좋을 텐데…….'

그는 주변을 둘러봤다.

이들이 타고 움직인 차량이 있을 게 분명했다.

그리고 건형은 옷걸이에 걸어 둔 반바지에서 자동차 키 하나를 찾아낼 수 있었다.

바깥에 나와서 확인해 보니 한 외제차 SUV였다.

건형은 자동차를 확인하자마자 지현을 뒷좌석에 눕힌 뒤 곧장 근처 병원을 향해 빠르게 속도를 냈다.

저들이 누구 밑에서 일하는지 지금 그건 중요한 게 아니었다.

지금 해야 하는 건 지현을 데리고 병원으로 가는 일이었다.

그녀의 상태가 아주 심각한 건 아니었다.

건형은 이미 한 차례 그녀의 상태를 확인해 봤다.

녀석들도 그녀를 중요하게 여겼는지 어느 정도 조치를 취해 둔 상태였다.

기본적인 의학 지식은 머릿속으로 익혀 둔 상황.

건형이 봤을 때 지현은 많은 출혈로 인해 살짝 쇼크를 일으켰을 뿐 생명에 지장이 갈 정도로 위급한 건 아니었다.

그러나 모든 게 마음대로 되는 게 아니듯 지현의 상태가 어쨌든 간에 그로서는 걱정할 수밖에 없었다.

그만큼 그녀를 사랑하기 때문이었다.

*　　*　　*

얼마 되지 않아 병원에 도착한 건형은 차를 세워 두자마자 지현을 안고 응급실로 달려갔다.

"여기 응급환자예요."

"어? 호, 혹시 박건형 씨 아니세요?"

"그보다 환자라고요!"

간호사가 그 말에 다급히 지현을 확인했다.

그룹 플뢰르의 리더이자 메인 보컬 지현이 분명했다.

"잠시만요. 이쪽에 자상이 있으신 거네요. 일단 이쪽 침대에 누워 계시겠어요. 의사 선생님이 곧 와서……."

그때 응급실 담당 과장이 호출을 받고 걸어오고 있었다.

"아, 선생님. 여기예요!"

"도대체 누가 왔길래……."

어기적거리며 걸어오던 담당 과장은 침대에 누워 있는

이지현을 보며 눈을 휘둥그레 떴다.

그가 가장 즐겨 듣는 노래가 바로 이지현의 노래였다.

마음을 절절하게 울리는 그 노래.

뛰어난 가창력에 감정선을 자극하는 절묘한 호소력.

반할 수밖에 없는 요소를 두루두루 갖고 있는 게 바로 이지현이다.

그런 이지현이 김포의 이 한적한 병원에 찾아온 것이다.

게다가 그 옆에 있는 남자는 박건형이 분명했다.

세계적으로 유명한 학자에 대단한 주식 부자.

그가 갖고 있는 재산이 대한민국 10년 치 예산이라는 근거 없는 헛소문도 떠돌고 있을 만큼 그의 실체를 궁금해하는 사람들이 많았다.

그런데 여기에 두 사람이 찾아온 것이다.

게다가 이지현은 기절해 있는 상태.

"제, 제가 응급실 과장 김석태입니다. 어쩐 일로 여기까지……."

"지현이가 여기 자상을 입었습니다. 응급치료는 해 둔 상태인데 다른 문제는 없을까 해서요."

"아, 잠시만요. 확인해 보겠습니다. 음, 유리 같은 것에 베인 모양이네요."

자상은 팔목부터 시작해서 손바닥, 손등까지 다양하게
나 있었다.

'단순한 자상은 아닌데…….'

김석태가 고개를 갸웃거렸다.

상처가 특이했다.

보통 잘못해서 베인 경우라면 그 부위만 깔끔하게 베일
뿐 다른 곳까지 베이는 건 아니다.

그런데 지금 이지현 같은 경우 손등이나 손바닥, 손가락
등 다양한 곳에 자상이 나 있었다.

"혹시 다투신 겁니까? 자상이 꽤 여러 군데 있는 걸 봐
서는 단순한 건 아닌 듯한데……."

"그런 건 아닙니다."

"음."

곰곰이 고민하던 김석태가 꼼꼼히 상처 부위를 확인한
다음 소독을 하고 약을 발랐다.

"꿰매야 할 만큼 심각한 상처는 없습니다. 며칠 흉이 졌
다가 아물 겁니다. 그런데 정말 괜찮으신 거 맞습니까?"

"예. 괜찮습니다."

예상대로였다.

크게 다친 건 아니었다.

어떻게 보면 찰과상이라고 볼 수도 있었다.

그러나 지나치게 당황한 나머지 자신도 모르게 서두르고 말았다.

연인이 다친 일이다.

그 누구라도 기겁할 수밖에 없을 것이다.

게다가 그때 현장에 피가 꽤 흥건히 고여 있던 걸 생각하면 더욱더 그랬다.

그러나 지금 생각해 보면 그 당시 현장의 피는 서로 엉켜 있던 상태였다.

그렇다는 건 누군가의 피와 뒤섞였다는 의미인데 지현이 반항하다가 유리조각을 쥐고 둘 중 한 명을 향해 휘둘렀을 가능성도 있었다.

그 때문에 피가 생각보다 꽤 많이 고이게 된 것일지도 모른다.

어쨌든 그건 차차 확인해 보면 될 문제.

일단 지현이가 크게 다치지 않았다는 것에 안심해도 될 것 같았다.

"음, 기절하신 모양인데 정신이 들 때까지 기다리시는 게 나을 거 같습니다."

"예?"

"아, 별일은 아닌데 혹시 뇌 쪽에 충격이 갔을지도 모르는 일이니까요."

그리고 그는 다시 한 번 지현의 머리 뒷부분을 검사하기 시작했다.

'넘어지면서 생긴 충격으로 기절한 건 아닌 거 같은데…….'

뭐랄까.

상태가 수상쩍었다.

다친 부위가 많은 것도 그렇고 이렇게 기절해 있는 것도 그렇고.

게다가 그가 알기로 두 사람이 사는 지역은 서울이다.

여기 김포까지 이렇게 멀리 올 이유는 없는 것이다.

그때였다.

건형 휴대폰으로 전화가 걸려 왔다.

지혁이었다.

"잠시 실례 좀 하겠습니다."

건형은 응급실이 보이는 위치에서 지혁의 전화를 받았다.

응급실 과장 김석태가 간호사와 이것저것 이야기를 나누고 있었다.

"네, 형."

[지현이는? 찾았어?]

"네. 조금 전에. 경황이 없어서 연락 온 줄도 몰랐네요."

지혁한테 부재중 통화가 꽤 많이 쌓인 상태였다.

그러나 운전을 하면서 다급히 병원으로 오는 바람에 연락이 온지도 모르고 있었다.

그만큼 그가 경황이 없었다는 뜻이었다.

[휴, 다행이다. 다친 데는 없고? 그놈들은?]

"그게…… 형이 뒷정리 좀 해 줄 수 있어요?"

[무슨 일 있었냐?]

지혁은 무슨 일이 생긴 걸 직감한 듯 나지막한 목소리로 물었다.

건형이 대답했다.

"큰 건 아니고요. 저도 모르게 이상한 능력이 발현돼서…… 거기 있는 사람들이 모두 다 죽은 거 같아요. 1층에 있는 사람들은 죄다 미라가 됐고 2층에는 핏자국만 남았더라고요. 일루미나티에서 움직이기 전에 형이 정리해 줄 수 있겠어요? 둘 다 미국인이고 목적 초인으로 보였어요."

[목적 초인? 일루미나티, 이 자식들이 먼저 전쟁을 걸어오겠다는 건가?]

"그건 확실하지 않아요. 어쨌든 주소는 제가 지금 알려 줄 테니까 저 좀 도와줘요. 병원에서 저를 의심하는 눈치라서.”

　[응? 그건 또 무슨 말이야?]

　“지현이가 자상이 좀 많았는데 저하고 싸우다가 그렇게
된 게 아닌가 의심하는 모양이에요. 게다가 지현이가 기절
하고 아직 깨어나질 않고 있다 보니까 더 그런 거 같아요.”

　그때였다.

　건형을 부르는 소리가 들렸다.

　김석태였다.

　“박건형 씨! 환자분 깨어나셨어요. 빨리 와 보세요!”

　지현이가 깨어났다는 소식.

　[야! 전화 끊고 빨리 가 봐!]

　건형이 다급히 발걸음을 옮겼다.

　지현의 상태를 확인해야 했다.

Chapter. 02

지현은 정신이 몽롱한 상태로 침대에서 상반신을 일으켰다.

그녀의 오른팔은 새하얀 붕대로 잘 감겨져 있었다.

잠깐 멈춰있던 그녀의 사고 회로가 다시 돌아가기 시작했고 처음 장면으로 돌아왔다.

긴박했던 그 순간.

자신은 웬 남자 두 명한테 쫓기고 있었다.

그들은 버젓이 건형의 집에 침입했고 그들한테 쫓겨야 했다.

그리고 결국 그들한테 잡혔고 저항했다.

그때 유리조각을 긁었고 누군가의 살갗이 찢겨지는 듯한 느낌을 받았다.

그 이후 지현은 기억에 남아 있는 게 아무것도 없었다.

그저 어디론가 이동한다고 느껴졌을 뿐.

그리고 깨어난 순간 본 건 하얀색 가운을 입고 있는 의사였다.

"여, 여기가 어디죠?"

"어? 깨어나셨습니까? 정신이 드세요?"

"여기는 어디죠?"

"김포 한울 병원 응급실이에요. 무슨 일이 있으셨던 거죠?"

"어떤 남자들이 저를 납치하러 와서…… 전화 좀 쓸 수 있을까요? 지금 당장 오빠한테 연락을 해야 하는데……."

김석태는 지현이 하는 이야기를 들으며 건형이 잘못하지 않았다는 걸 깨달을 수 있었다.

지금 지현이 이야기하고 있는 오빠가 박건형일 테니까.

그제야 그는 건형에 대한 의혹을 해소할 수 있었다.

"잠시만 기다려 주세요. 보호자분 방금 전에 통화하러 가셨거든요. 불러드릴게요."

"오빠가 여기 있어요?"

"박건형 씨! 환자분 깨어나셨어요. 빨리 와 보세요!"

김석태가 소리치고 얼마 되지 않아 박건형이 다급히 달려왔다.

지현이 눈시울을 붉혔다.

어떻게 건형이 여기에 있는 건지 그게 궁금했다.

"오빠!"

지현이 눈물을 글썽거리며 건형을 불렀다.

한편 김석태는 지현을 납치하려고 한 남자들이 있었다는 이야기를 다시 생각해 보고 있었다.

'도대체 누가 납치하려고 한 거지?'

만약 이게 연예계에 알려지기라도 한다면?

대단한 충격이 일어날 것이다.

현재 국내에서 가장 인기 있는 탑스타 아이돌을 납치하려고 한 거니까.

'몸값을 요구할 생각이었을까? 아니면 그녀를 짝사랑한 누군가의 소행?'

온갖 상상의 나래가 쏟아졌다.

그러나 김석태가 무슨 생각을 하고 있는지 건형은 생각할 겨를도 없었다.

지현이가 무사하다는 것.

지금은 그게 가장 중요했다.

그러는 사이 연락이 왔다.

연락을 해 온 건 김정호 실장이었다.

"예, 전화 받았습니다."

[혹시 지현이하고 같이 계신가요? 집에 전화를 해 보는데 도통 연락을 받질 않아서요. 오늘 박 이사님 깜짝 놀라게 해드리고 싶다고 했는데…… 이 시간까지 전화 안 받으니까 걱정이 되네요.]

그러고 보니 해는 이미 종적을 감춘 지 오래였다.

이미 하루가 지났다.

새벽이었다.

숨 가쁘던 한나절이 지나간 셈이다.

"아, 걱정하지 않으셔도 됩니다. 지현이 바꿔드릴게요."

건형은 휴대폰을 지현에게 건넨 뒤 김석태를 조용히 불렀다.

"아까 지현이가 깨어나서 뭐라고 하던가요?"

"그게 어떤 남자들이 자신을 납치하려 했다고……."

"정말입니까? 혹시 다른 누가 그 이야기를 들은 겁니까?"

"예? 그, 그건 아니고 저 혼자 들었는데 그건 왜."

"알고 있어 봤자 의사 선생님한테는 도움이 될 이야기가
아닐 겁니다."

일루미나티가 벌인 일이 맞다면 그들은 끝까지 흔적을
찾아 쫓아올 게 분명했다.

그럴 바에는 그의 기억을 지워 두는 게 훨씬 더 나을 터.

그 말고 이 이야기를 들은 사람이 없다는 게 다행이었다.

손이 많이 가진 않을 테니까.

건형은 뇌파를 움직였다.

하루 사이 연속해서 계속 뇌파를 움직이다 보니 머리가
지끈거렸다.

두통이 밀려왔다.

금세 어지러움이 밀려오며 속이 메스꺼워졌다.

완전기억능력이긴 하지만 지나치게 능력을 남용하면서
피로가 쌓이고 있었다.

그렇지만 이건 해야 하는 일이었다.

건형은 조심스럽게 그의 기억을 잘라냈다.

지현이가 병원에 와서 치료를 받은 것까지는 남겨뒀다.

만약 그 기억까지 지우려면 여기 응급실에 있는 모든 사
람들의 기억을 지워야 했다.

그러기에는 힘들었다.

그 기억은 남겨 둔 채 지현이 했던 말에 관한 기억들을
모두 깔끔하게 없애기 시작했다.

이제 그가 기억하는 건 지현이 건형에게 업혀 응급실로
들어왔고 자신은 그런 지현을 치료했다는 것.

이 정도뿐이리라.

*　　　*　　　*

김석태의 기억을 지운 뒤 건형은 지현과 함께 퇴원 수속
을 밟았다.

그런 다음 놈들한테 빼앗은 SUV를 타고 집으로 향했다.

의아한 얼굴로 SUV에 올라탄 지현이 물었다.

"이 차는 뭐예요?"

"아, 놈들한테 빼앗았어. 너를 병원에 데려오려면 차가
필요해서 훔쳐 탄 거야."

"진짜예요? 만약 경찰이 캐물으면 어떻게 하려고요?"

"경찰이? 이 시간까지 경찰이 검문을 하겠어?"

"저기, 저 앞에 경찰 아니에요?"

가는 날이 장날이라고.

경찰이 앞에서 음주운전 검사를 하고 있었다.

그러나 지금 이 차가 절도된 차량으로 등록되어 있을 리는 없을 테고 그냥 음주운전 조사만 성실하게 받으면 끝날 일이었다.

걱정할 필요는 없을 듯했다.

천천히 SUV를 모는 동안 지현이 물었다.

"어떻게 찾았어요?"

"뇌파를 이용했어. 약간 힘들긴 했지만 어찌어찌 찾을 수 있었어. 너한테도 내 능력이 일부이긴 하지만 섞여 있으니까."

건형이 직접적으로 지현에게 무언가를 해 준 적은 없다.

그러나 두 사람은 이미 육체적, 정신적으로 하나를 이룬 상태다.

건형은 충분히 그녀를 찾을 수 있었다.

"……그 사람들은 어떻게 됐어요?"

지현이 조심스럽게 물었다.

역시 그녀가 가장 궁금해한 건 이 질문이었다.

그때였다.

경찰이 다가왔다.

"죄송합니다. 음주운전 단속 기간입니다. 어? 박건형 씨 아니십니까?"

그리고 조수석을 본 경찰이 눈을 휘둥그레 떴다.

"저…… 공무 중에 죄송한데 사인 한 장만 부탁드려도 되겠습니까?"

"저요?"

지현이 눈을 동그랗게 뜨며 물었다.

젊은 경찰이 벌겋게 달아오른 얼굴로 고개를 끄덕였다.

"그런데 종이하고 펜이 없어서……."

그는 다급히 주머니에서 수첩과 펜을 꺼내 건넸다.

지현이 사인을 하는 사이 건형은 음주운전 조사에 응했다.

결과는 역시 뻔했다.

통과.

경찰이 거수경례를 해 보이며 말했다.

"안전 운전하시길 바랍니다!"

지현이한테 수첩을 전달받은 그의 얼굴은 붉게 상기되어 있었다.

* * *

건형이 SUV를 몰고 집으로 향하는 동안 지현이 다시 한 번 물었다.

"아까 전 대답 안 해 줬잖아요. 대답해 줘요."

"……휴."

건형은 대답 대신 한숨을 길게 늘어놓았다.

한참 동안 망설이던 지현이 조심스럽게 입을 열었다.

"다 죽은 거예요?"

"……응."

결국 건형이 대답을 했다.

잠시 말이 없던 지현이 물었다.

"어떻게 죽은 거예요? 오빠가 손을 쓴 거예요?"

"내가 뇌파를 과하게 썼고 그게 그들의 뇌 속을 헤집어 놓았어. 그리고 그 여파로 인해 전부 다 죽은 거 같아. 확실하지는 않지만."

"미안해요. 괜한 걸 물은 거 같아요."

"아니야."

어쨌든 건형은 살인자가 됐다.

그 흔적은 전부 다 사라졌지만.

그래도 살인자라는 건 변하지 않는다.

그렇지만 어떻게 보면 그건 어쩔 수 없는 일이었다.

지현을 구하기 위해서.

그리고 자신의 목숨을 지키기 위해서 할 수밖에 없는 일이었다.

누가 보면 이것을 과잉 방어라고 할지도 모른다.

그러나 건형은 반드시 해야만 하는 일이었다.

"죄책감 가지지 말아요. 오빠의 행동은 정당했어요."

그때 지현이 그런 건형의 마음을 알아차리고 힘 있는 어조로 말했다.

여기서 자신이 건형에게 아무 말도 꺼내지 않거나 건형을 피하는 모습을 보이게 된다면 오히려 그게 건형을 책망하는 것처럼 보일 수 있거나 또는 그에게 죄책감을 갖게 할 수 있다는 걸 알고 있어서였다.

"고마워."

건형은 그녀 말에 약간이지만 위안을 얻을 수 있었다.

그러는 사이 김포를 떠났던 SUV는 집 근처에 다다르게 됐다.

건형은 지하 주차장에 차를 대 놓았다.

그리고 집으로 올라왔다.

두 집 모두 엉망진창이었다.

지하실 문짝은 걸레가 됐고 벽면은 군데군데 패인 자국이 가득했다.

지현 집 1층은 흉가 분위기가 물씬 느껴질 정도였다.

장식품이 산산조각 부서졌고 가구들이 어지럽혀져 있었다.

그건 건형 집도 비슷했지만.

"오늘 오빠하고 같이 자도 돼요?"

"아, 응. 물론이지."

건형이 대답하며 지현을 끌어안았다.

어제오늘 그 누구보다 힘들었을 사람은 지현이다.

자신 때문에 낯선 사람들한테 납치를 당했다.

잘못하면 험한 꼴을 겪었을 수도 있다.

그녀가 귀국한 걸 알리지 못한 것도 있었지만 애초에 자신이 방심했던 것도 컸다.

일루미나티와 평화협정을 맺었다고 한들 뒤로 무슨 일을 꾸밀지 모르는 자들이었다.

그들을 조심해야 했다.

그런데 방심했다.

별문제 없을 거라고 생각했었다.

그게 오판이었다.

'안전망을 구축해 둘 필요가 있어. 이 집은 너무 위험에 노출되어 있어.'

조용한 주택가다.

지현과 바로 옆집에서 함께 살고 싶었기에 이 집을 골랐다.

그러나 조용한만큼 범죄에도 많이 노출되어 있었다.

물론 철통같은 경호가 이루어지는 곳이라고 한들 그놈들이라면 충분히 뚫고 쳐들어왔을 것이다.

그렇다고 해도 어느 정도 시간을 벌어 줄 만한 곳이 필요했다.

여기보다 훨씬 더 안전한 곳으로.

이 부분에 대해서도 지혁과 함께 상의를 해 봐야 할 것 같았다.

이튿날 아침.

지혁은 부스스한 햇살을 받으며 잠에서 깼다.

옆에는 지현이가 곤히 잠들어 있었다.

그래도 어젯밤 있었던 일에 대한 충격을 어느 정도 떨쳐 낸 듯했다.

조금 더 그녀와 함께 있고 싶었지만 태원 그룹의 일을 처리해야 할 필요가 있었다.

특히 강해찬이 정찬수 부회장과 정인호 전 사장을 손에 쥐고 판을 흔들려고 하는 지금 각별히 주의를 기울여야만 했다.

어쨌든 지금 두 집단 사이에서 일어나고 있는 대립은 사람 싸움이다.

누가 더 많은 사람을 품에 안고 있느냐에 따라 결정될 것이다.

게다가 건형은 주주들의 시선을 자신 쪽으로 계속 잡아 둬야 할 필요가 있었다.

결국 주주들은 기업의 이익을 창출하는 걸 바란다.

아마 강해찬도 그것을 쥐고 흔들 것이다.

그에게는 권력이 있다.

그것을 전가의 보도처럼 휘두를 것이다.

건형은 향후 태원 그룹을 다이아몬드 위에 세워 둘 만한 방법을 찾아내야 했다. 그리고 그는 런던 방문에서 그 실마리를 어느 정도 찾아냈다.

르네상스의 도움이 약간 필요하겠지만 BP는 적극적으로 협조할 모습을 보이고 있었다.

BP의 회장 체스터 브로만을 만난 게 여러모로 도움이 되고 있었다.

슬슬 승부수를 띄워야 할 시기였다.

그리고 강해찬과 장형철.

이 두 사람을 완전히 무너트려야만 했다.

다시는 올라올 수 없게끔 철저하게.

* * *

쾅!

노벨 아이젠하워가 얼굴을 구겼다.

이틀째 수하들과 연락이 닿지 않고 있었다.

분명히 어제 미 공군기지에 가서 이지현을 데리고 귀국하는 게 그들의 일정이었다.

그런데 미 공군기지에 딱히 들어온 연락은 없었다.

계속되는 채근에도 연락이 없자 결국 그는 대한민국에 심어 둔 사람들을 시켜 안가를 뒤지게 했다.

그러나 안가는 깔끔했다.

아무 흔적도 없었다.

속된 말로 완벽하게 정리가 되어 있었다.

전문가의 솜씨라고 했다.

여기 안가에 있어야 할 두 명의 목적 초인, 그리고 다섯 명의 용병들은 온데간데없이 사라진 것이다.

무슨 소란이 일어났으면 즉각 사방으로 흩어지게끔 훈련

을 받은 정예요원들이었다.

목적 초인은 그렇다고 해도 다섯 명의 용병들은 아이젠하워가에서도 오랜 시간 일해 온 특급 용병들로 그 몸값이 어마어마했다.

그런데 그들이 흔적도 없이 감쪽같이 사라진 것이다.

일부러 이번 일을 위해 대한민국에 파견해 둔 것이었는데 말이다.

이해할 수 없는 일이었다.

그렇게 안가를 계속해서 수색하면서 주변에 있는 CCTV를 찾고 그 꼬리를 계속해서 밟은 끝에 약간이지만 실마리를 찾아낼 수 있었다.

그것은 한 SNS에서였다.

웬 간호사 한 명이 인증 샷을 찍어서 올렸는데 그 인증 샷이 병원 한 응급병동에 누워 있는 지현이었다.

그 때문에 지금 연예계는 한바탕 소동이 휩싸여 있었다.

지현이 다쳤다는 게 알려지면서 레브 엔터테인먼트에 온갖 문의 전화가 폭주했기 때문이다.

그래서 레브 엔터테인먼트는 업무도 제대로 처리하지 못한 채 연신 수화기를 붙잡고 있어야 했다.

그만큼 지현의 팬덤이 얼마나 막강한지 알려 주는 대목

이었다.

레브 엔터테인먼트도 뜬금없이 터진 내용이다 보니 어리둥절해할 수밖에 없었다.

만약 이 사실을 지혁이 제일 먼저 알아냈다면 바로 그 SNS 계정을 차단하고 역으로 바이러스를 심어서 그 서버마저 터트렸겠지만 그는 안가를 정리한다고 한창 바쁠 때였다.

그렇다 보니 새벽 시간 인스타그램에 올라왔던 그 사진 한 장이 사방으로 퍼져 나가는 건 순식간이었다.

노벨 아이젠하워 역시 그 사진을 확인했고 곧장 그 병원을 수소문하게 했다.

그리고 노벨 아이젠하워는 건형이 지현과 함께 방문했다는 것까지 알아낼 수 있었다.

이미 그건 기사화된 이야기였기 때문에 알아내기 쉬웠다.

그러나 그 이후 무슨 일이 있었는지는 아무것도 찾아낼 수 없었다.

마치 깔끔히 지워진 것처럼 사라져 있었기 때문이다.

결국 어떻게 해야 할까 고민하던 노벨 아이젠하워는 마지막 선택을 내릴 수밖에 없었다.

그것은 마스터를 직접 찾아가서 조언을 구하는 것이었다.

　　　　　　　*　　　*　　　*

　　노벨 아이젠하워가 면담을 요구하고 있다는 이야기에 마
스터는 얼굴을 구겼다.

　　그가 젊고 능력 있는 건 맞지만 그만큼 어리석은 게 많았
다.

　　선대 아이젠하워 가문의 가주가 조금 더 오래 살아서 그
를 가르치고 교육해야만 했다.

　　그 점이 여러모로 아쉬웠다.

　　"그가 무슨 일로 나를 보자고 하는 겐가?"

　　마스터가 메로빙거를 쳐다보며 물었다.

　　그의 곁에는 그를 충실히 보좌하는 아담 록펠러와 루시아
베네딕트가 있지만 그가 가장 신임하는 건 메로빙거였다.

　　그래서 그는 항상 메로빙거를 곁에 두고 있었다.

　　"글쎄요. 그래도 한번 만나 보시죠."

　　노벨 아이젠하워를 자식처럼 생각하는 메로빙거다.

　　삼각위원회 삼각수장 중 한 명인 메로빙거의 이야기에
마스터가 고개를 끄덕였다.

　　"그래. 한번 만나서 이야기를 들어보도록 하지."

잠시 뒤, 창백한 안색을 띄고 있는 노벨 아이젠하워가 안으로 들어왔다.

그는 마스터를 보자마자 무릎을 꿇으며 입을 열었다.

"죄송합니다. 마스터. 제가 일을 그르쳤습니다."

"일을 그르쳤다고? 그게 무슨 말이지?"

무슨 일인가 해서 그를 들였던 마스터가 뜻밖의 언급에 눈살을 찌푸리며 물었다.

한참 동안 고민하던 노벨 아이젠하워가 조심스럽게 입을 열었다.

"수하들을 시켜서 박건형의 가장 큰 약점이 될 수 있는 이지현을 사로잡아 오게끔 시켰었습니다만 실패하고 말았습니다."

그 말에 메로빙거가 얼굴을 구겼다.

설마하니 이렇게 대형사고를 말도 없이 치를 줄은 몰랐다.

마스터 역시 가면에 가려져 있을 뿐 얼굴을 일그러트리고 있었다.

도대체 무슨 일을 그르쳤나 했더니 박건형과 관련이 있는 일이었다.

마스터가 노벨 아이젠하워를 쳐다보며 물었다.

"뒤처리는 어떻게 했지?"

"일단 저나 제 가문과는 연관이 없는 자들을 보내긴 했습니다. 그렇지만 무슨 일이 있었는지 도저히 알아낼 수가 없었습니다. 전문가가 이 일에 개입한 게 틀림없다고 합니다."

"이미 깔끔하게 정리를 마친 모양이군. 그래서, 누구를 보냈던 거지?"

"하급 목적 초인 두 명을 보냈었습니다."

"목적 초인을 두 명씩이나? 그런데도 불구하고 실패했다고?"

"면목없습니다."

일이 실패했다는 것도 문제지만 목적 초인을 두 명이나 잃었다는 것도 문제였다.

"그곳에 모두 몇 명이 있었지?"

"목적 초인 두 명 그리고 특급 용병 다섯 명이었습니다."

"……그런데 흔적도 남지 않았다고?"

"예. 그렇습니다. 마스터."

마스터가 곰곰이 생각에 잠겼다.

노벨 아이젠하워가 사고를 저지른 건 분명했다.

그렇지만 그것으로 뜻밖의 수확을 거둘 수 있었다.

박건형의 현재 실력, 위험성, 잠재력.

그것들을 어느 정도 알아볼 수 있었다.

윤곽을 그릴 수 있게 되었다.

'목적 초인 두 명과 특급 용병 다섯 명을 순식간에 없앴다는 건…… 그만큼 완전기억능력이 개방되고 있다는 것이겠지. 뇌파를 조종할 수 있는 단계에는 확실히 이른 듯하고. 그 뇌파를 주변에 퍼트려서 전자기파를 퍼트릴 수 있는 단계까지 이른 것인가?'

마스터가 생각을 정리했다.

만약 그게 사실이라면?

확실히 자신들에게 위협이 될 가능성이 농후하다고 봐야 했다.

어떤 식으로든 대책을 마련해야 할 필요가 있었다.

지금 양성 중인 목적 초인만 완성되면 충분하다고 여겼는데 그게 어려워질 수도 있을 테니까.

그러나 그건 그것이고 노벨 아이젠하워가 문제를 일으킨 건 사실이었다.

표면상 지금 일루미나티는 박건형과 평화협정 중이다.

서로 간에 어떤 위해도 저지르지 않기로 계약을 맺고 있다는 이야기다.

그런데 어쨌거나 노벨 아이젠하워가 박건형의 연인을 납치하려고 했다.

그게 미수에 그쳤다고 하지만 박건형 입장에서는 그렇게 받아들이지 않을 가능성이 높았다.

'그러나 지금 박건형도 주변에 적이 많은 상황이지. 쉽사리 우리 쪽에 칼을 들이대진 못할 거야. 주변의 적부터 처리해야 할 테니까.'

은밀히 지원을 해 주는 건 어렵지 않은 일이다.

그들에게는 페이퍼 컴패니가 얼마든지 많다.

그 페이퍼 컴패니를 이용해서 적의 정적을 지원하면 된다.

적의 적은 아군이라는 말이 괜히 있는 게 아니니까.

그건 차차 고려해 볼 문제.

일단 노벨 아이젠하워에 대한 처분이 우선이었다.

"아이젠하워 가문을 십삼인 위원회에서 배제한다."

마스터가 선언을 내렸다.

노벨 아이젠하워가 그 말에 눈을 휘둥그레 떴다.

자신을 향한 처벌.

그 정도로 짐작하고 있었다.

그런데 아이젠하워 가문 전체를 13인 위원회에서 내쫓았다.

자신뿐만 아니라 그 이후 아이젠하워 가문의 어떤 누구도 13인 위원회에 들지 못하게 됐다는 이야기다.

"그 대신 엘런 가문을 십삼인 위원회로 올려야겠군. 뒤퐁 가문에 맞서려면 두 가문 정도는 손에 쥐고 있어야겠지."

록펠러 가문, 뒤퐁 가문과 더불어 미국 삼대 재벌 가문으로 손꼽히는 게 바로 엘런 가문이다.

오랜 시간 엘런 가문은 다른 두 가문과 다르게 중립을 유지하고 있었다.

록펠러 가문은 일루미나티, 뒤퐁 가문은 로얄 클럽에 속해 있었고 그들은 두 곳 어디에도 다른 두 가문들보다 낮은 지위로 들어가고 싶지 않았기 때문이다.

일루미나티는 13인 위원회 중 하나로 엘런 가문을 받아들이고 싶어 했지만 자리가 없었고 뒤퐁 가문은 애초에 로얄 클럽의 창립 멤버 중 하나였다.

그렇다 보니 엘런 가문 입장에서는 이도 저도 선택할 수 없는 상태였다.

그런 상황에서 일루미나티는 좋은 기회를 마련한 것이었다.

아이젠하워 가문을 축출하고 엘런 가문을 새로운 13인 위원회의 일원으로 세우면서 미국 삼대 재벌 중 두 곳을 흡수할 수 있게 된 것이니까.

물론 아이젠하워 가문 입장에서 이건 치욕스러운 일이었

다.

오랜 군인 가문으로 미국 최고의 명문가 중 하나인 아이
젠하워 가문이 일루미나티의 13인 위원회에서 내쫓김을 당
한 것이다.

"마스터! 그것만은 고려해 주십시오!"

노벨 아이젠하워가 다급한 목소리로 입을 열었다.

"실수를 저질렀으면 그에 맞는 처벌을 받아야 하는 셈이
지. 애초에 쉽게 움직인 것 자체가 문제 될 일이었고."

"……오로지 그것은 마스터에게 도움을 드리고자 한 일
이었습니다."

"지금 그와 대립하는 건 우리에게도 여러모로 도움이 되
지 않는 일이다. 현재 그는 르네상스와 로얄 클럽 그리고
우리 사이에서 줄타기를 하고 있으니까. 그런데 네가 어설
프게 움직여서 그 도화선에 불을 붙여버린 셈이지. 어리석
은 녀석 같으니라고. 하다못해 클라인의 반만이라도 닮았
으면 더 나았을 것을."

마스터는 혀를 차며 노벨 아이젠하워를 노려봤다.

노벨 아이젠하워가 얼굴을 붉혔다.

이건 명백히 자신의 잘못이었다.

일을 제대로 마무리하지도 못했고 깔끔하게 처리하지도

못했다.

최악의 실수를 저지른 셈이다.

그러나 끝내 노벨 아이젠하워는 시간을 되돌릴 수 없었다.

이미 결정이 내려진 상태였다.

*   *   *

아이젠하워 가문이 13인 위원회에서 축출당하는 사이 건형은 지현을 계속해서 간호하고 있었다.

출근을 해야 했지만 오늘 하루는 약간 뒤로 미뤄 둔 상태였다.

그에게 밀려든 약속은 현재 한두 개가 아니었다.

정용후 회장이 아침부터 그를 찾고 있었고 그것은 정지수 팀장도 마찬가지였다.

그들뿐만 아니라 한길수 경제부 차장도 그와 인터뷰를 하고 싶어 했으며 알버트 폴슨과 체스터 브로만도 이야기를 좀 더 나누길 바라고 있었다.

이래저래 여유가 없는 상황.

그렇지만 건형한테 지금 당장 가장 소중한 사람은 누가 뭐라 해도 지현이었다.

그로서는 지현을 가장 먼저 보살펴야 할 이유가 충분했다.

그 때문에 한 여자가 이래저래 서운해하고 있었지만.

그러는 동안 지현이 깨어났다.

푹 잠을 자고 일어난 그녀의 기분은 꽤 상쾌해 보였다.

"괜찮아?"

"으음, 괜찮아요. 한바탕 악몽을 꾼 걸로 칠래요. 그보다
당분간 여기서 자야겠어요."

"아, 그러고 보니 한 가지 이야기할 게 있어."

"그게 뭔데요?"

"집을 옮기는 게 어떨까 해서."

"여기서 산 지 얼마 안 됐는데요?"

"이곳이 조용하지만 이래저래 노출이 쉬운 곳인 것도 사
실이야. 그렇다 보니 조금 더 안전한 곳으로 옮겼으면 해.
내가 쉽게 왔다 갔다 할 수 있는 곳이었으면 더 좋겠고."

"만약 저 해외 공연 가면 어떻게 하게요? 저 며칠 전에
도 해외 공연 갔다가 귀국했잖아요. 그때도 오빠가 저 지켜
줄 수 있는 거예요? 그건 아니잖아요."

그건 그녀 말이 맞았다.

일부러 그녀를 미국이 아닌 다른 지역 콘서트로 보내고
있었지만 자신이 그녀를 보호해 줄 수 있는 건 한계가 존재

하기 마련이다.

그녀를 평생 따라다니지 않는 이상 그건 불가능했다.

그렇게 하려면 지금 하는 모든 일을 다 때려치우고 그녀의 경호원 노릇을 하는 게 가장 적절할 터였다.

아니면 그녀가 가수를 그만두거나.

"당분간 해외 공연은 빼자."

"오빠가 우리 회사 이사님이시잖아요. 사장님도 오빠 말이면 껌뻑 죽을걸요?"

"그리고 지혁이 형한테 부탁해 뒀는데. 초소형 통신장비를 하나 마련해 두려고. 네가 휴대폰이 없거나 혹은 연락을 할 수 없다고 할 때 연락이 될 수 있게끔."

"그밖에 또 뭐 있어요?"

"우리 집 합치자."

건형이 힘 있게 입을 열었다.

그 말에 지현의 얼굴이 새빨개졌다.

지금도 반쯤 동거이긴 하지만 엄연히 두 사람의 생활 공간은 다르다.

집이 두 개로 나뉘어져 있기 때문이다.

지현 부모님한테도 그래서 허락을 받을 수 있었다.

그런데 지금 건형이 한 말은 하나였다.

함께 살자는 것.

"지금 저한테 프로포즈한 거예요?"

지현은 살짝 상기된 얼굴로 건형을 바라보며 물었다.

건형의 지금 발언은 프로포즈나 다름없었다.

＊　　　＊　　　＊

건형이 멋쩍은 얼굴로 지현을 바라봤다.

사실 지금 프로포즈를 할 생각은 아니었다.

그런데 분위기가 영 묘하게 흐르고 있었다.

"그러니까 그게⋯⋯."

"같이 살자는 게 그런 의미 아니었어요?"

"프로포즈는 호텔 같은 곳에서 하려고 했는데 음, 어쩌다 보니 말이 그렇게 나와 버렸네."

"그런 게 뭐가 중요해요."

"정말 그렇게 생각해?"

"그럼요. 그러면 일단 부모님한테 허락부터 받아야 하는데 각오는 되어 있어요?"

생각해 보면 두 사람의 나이는 아직 어린 편이다.

건형이 24살, 지현이 20살이다.

결혼하기엔 어떻게 보면 되게 어린 나이다.

보통 남자는 삼십 대 중반, 여자는 이십 대 후반은 되어야 결혼하는 편이니까.

"괜찮겠어요? 괜히 저하고 결혼하고 후회하는 거 아니죠?"

"무슨 말을 그렇게 해? 설마 내가 그러겠어?"

"오빠가 그럴 사람이 아니라는 건 잘 알지만 가끔 남자들이 결혼하고 후회 많이 한다길래요."

건형이 고개를 절레절레 저었다.

자신은 그럴 생각이 절대 없었다.

"걱정이네요. 부모님이 어떻게 받아들이실지……."

그건 건형도 마찬가지였다.

네 살 차이이긴 하지만 그래도 부담되는 게 사실이었다.

여자친구의 부모님과 장인, 장모님은 엄연히 다르게 느껴지는 단어였다.

"그보다 오빠 출근해야 하는 거 아니에요? 너무 오래 집에 있는 거 같아요."

이미 시계의 큰 바늘은 열 시를 훌쩍 넘긴 상태였다.

원래 출근했어야 하는 시간은 아홉 시 정각.

이미 한 시간을 훌쩍 넘긴 상태다.

"너 밥은 해 먹이고 가야 할 거 같아서."

"저 어린애 아니거든요. 알아서 할 수 있으니까 빨리 출근해요. 직장 상사가 모범이 되어야죠!"

"괜찮겠어?"

어젯밤 그런 일을 겪었다.

하루 만에 그 상처가 나을 리 없다.

그 질문에 지현이 어색하게 웃어 보였다.

"이보다 더 안 좋은 일도 많이 겪어 봤어요. 괜찮아요. 그 대신 오빠가 저한테 더 많이 잘해 주겠죠."

이 일은 자신 때문에 겪은 일이다.

만약 지현이 다른 남자와 사귀었다면?

애초에 이런 일을 겪을 일도 없었을 것이다.

"빨리 마무리 지을게. 마무리 지으면 더 이상 바쁠 일도 없을 테니까."

"학교는요? 대학교도 복학해야 하잖아요."

"잠깐 쉬어도 돼. 쉰다고 퇴학당할 것도 아니고. 그동안 너 경호원하면 되겠다. 월급은 많이 주겠지?"

"제가 월급 주는 거 아니거든요! 어쨌든 빨리 출근해요. 김 실장님이 곧 오실 거예요."

"김 실장님이? 너 오늘 회사 나가려고?"

"네. 휴가는 진즉에 끝났으니까 이제 또 앨범 준비해야
죠. 솔로 앨범 내려고요."

"다른 멤버들은?"

"다들 쉰대요. 저보고 일 중독 아니냐고 그러더라고요."

"쉬엄쉬엄해. 그러면 나 이만 가 볼게. 있다가 저녁에 봐."

"네. 조심히 다녀오세요."

건형이 나가기 전 지현을 다시 한 번 봤다.

그녀가 침대에서 환하게 미소를 지어 보였다.

건형이 문을 닫고 떠난 뒤에야 지현은 침대에서 일어날
수 있었다.

아직 납치당했던 그 충격은 잊혀지지 않은 상태였다.

오늘 회사에 나가기로 마음먹은 건 그 충격을 어떤 식으
로든 해소시키고 싶어서였다.

하다못해 곡이라도 쓰면 더 낫지 않을까 싶어서 일부러
회사에 출근하기로 마음먹은 것이었다.

오히려 그게 더 안정이 될 것 같았고.

그렇지만 여전히 몸서리치는 감각은 남아 있었다.

아마 이건 평생 잊혀지지 않을 트라우마로 남을 것만 같
았다.

　　　　　　　＊　　　＊　　　＊

　놈들한테 빼앗은 SUV를 타고 건형이 곧장 향한 곳은 회사가 아니었다.

　지혁의 집이었다.

　회사에 출근하기 전 지혁을 먼저 만나야 했다.

　끼이이익—

　지혁 집에 도착한 뒤 건형은 안으로 성큼 발걸음을 옮겼다.

　지혁이 건형을 반갑게 맞이했다.

　"어서 와라. 고생했다."

　"형이야말로 고생하셨어요. 저 때문에 일 번거롭게 만들어서 미안해요."

　"그거 알면 나한테 잘해라. 내가 특수부대 일도 여러 번 해 봤지만 그렇게 이상한 시신들은 처음이었어. 무슨 시체가 그렇게 미라처럼 앙상하게 마르냐?"

　"저도 확실하게는 모르겠어요. 다만 한 가지 분명한 건 제 능력이 조금 더 진화했다는 거예요."

　"능력이 진화했다고?"

　지혁이 눈을 초롱초롱 빛냈다.

"그건 나중에 말해드릴게요. 회사에 먼저 가 봐야 해요."

"그런데 밖에 있는 저 차는 뭐냐? 처음 보는 차인데."

"그놈들한테 빼앗아 온 거예요. 지현이 병원에 데려가려고 어쩔 수 없이 훔쳐 탔거든요."

"살인에, 절도에. 내 동생이 범죄자 다 됐네."

"제 주변 사람을 지키려면 어쩔 수 없다는 걸 깨달았거든요."

"좋은 마음가짐이야. 난 그럴 필요가 있다고 항상 생각했어. 도덕적인 관념에 얽매이다가는 이도 저도 해결 안 될 때가 꽤 많으니까."

건형이 가끔 보면 느끼는 것이지만 지혁은 때때로 그 사고방식이 과격할 때가 많았다.

그러나 어느 정도 이해가 가는 부분도 있었다.

사회가 점점 개판이 되어갈수록 공권력은 흔들리기 마련이고 도덕적인 관념을 지키는 게 오히려 멍청한 행동이 되어 버리는 경우가 꽤 많이 있기 때문이었다.

그런 사례를 찾아본다면 수백여 가지가 나올 만큼이고 지금 대한민국은 여러모로 병들어 있다고 봐야 했다.

"어쨌든 저 SUV는 어떻게 할까?"

"폐차시켜야죠. 괜히 꼬리를 잡혀서 좋을 일은 없으니

까. GPS하고 쓸데없는 장치들은 전부 다 제거해 뒀으니까
문제 될 건 없을 거예요."

"알았다. 그러면 내가 아는 사람 불러서 폐차시키도록
하마. 그러면 너 출근은 어떻게 하려고?"

"형 차 타고 가도 돼요?"

"네 차는 어떻게 하고?"

"호텔에 맡겨 뒀어요. 차가 막혀서 도저히 끌고 나올 수
가 없더라고요. 있다가 찾으러 가야죠."

"하여간. 네가 알아서 잘 갖다 놔라."

"그러면 나머지는 있다가 차차 이야기해드릴게요. 그럼
이 차 처리 좀 부탁드려요."

"그래, 알았다. 걱정하지 말고."

건형은 SUV를 지혁에게 맡긴 다음 곧장 그 자리를 빠져
나왔다.

그런 다음 건형이 향한 곳은 태원 그룹 본사였다.

이제야 비로소 출근할 시간이었다.

＊　　　＊　　　＊

결국 건형이 태원 그룹 본사에 도착한 건 점심 시간이 다

되어서였다.

오래되었지만 관리가 잘된 페라리를 태원 그룹 본사 주차장에 주차시켜 둔 뒤 건형은 곧장 엘리베이터에 올라탔다.

그때 엘리베이터 화면에 예쁘장한 여자가 떴다.

누군가 봤더니 다름 아닌 회장실 비서 중 한 명이었다.

[안녕하세요, 박 실장님. 회장님께서 찾으십니다. 박 실장님이 오시면 곧장 안내해 달라고 하셔서요.]

"아, 알겠습니다."

아무래도 사무실에 들르기 전 회장실부터 찾아가 봐야 할 것 같았다.

회장실에 도착한 뒤 건형은 곧장 정용후 회장을 만날 수 있었다.

정용후 회장한테 한참 브리핑을 하고 있던 사십 대 중반의 남자가 다급히 회장실을 빠져나갔다.

그리고 건형이 자리에 앉자 정용후 회장이 조심스러운 목소리로 물었다.

"그래, 몸 상태는 어떤가?"

정용후 회장도 역시 이야기를 접한 모양이었다.

이미 각종 포털 사이트는 물론 신문에도 대서특필된 내용이다.

그가 모를 리 없다.

건형이 대답했다.

"괜찮습니다. 곧 회사에 곡을 쓰러 나간다고 하는 걸 보면 크게 걱정할 일은 없을 거 같더군요."

"다행이군. 다행이야."

"그보다 저를 급히 찾으셨다고 들었습니다. 무슨 이유라도 있으십니까?"

"인호, 그 녀석 말이야. 그 녀석을 어떻게 할 생각인가?"

지금 정인호는 어떻게 보면 패륜을 저지르고 있다고 해도 무방했다.

아버지가 평생을 바쳐 일군 회사를 강해찬의 회유에 넘어가서 통째로 다른 사람에게 바칠 생각을 하고 있었다.

물론 태원 그룹은 주주회사로서 정용후가 회사의 소유주인 건 아니다. 정용후는 대주주로서 주주총회에서 회사의 경영을 위임받은 관리자다.

물론 그가 가장 많은 지분율을 갖고 있는 만큼 그가 회사를 소유하고 있다고 봐도 무방하지만 정용후는 언제든지 기회가 닿는다면 태원 그룹을 사회에 환원할 생각도 하고 있었다.

그가 태원 그룹을 키워 낸 건 일제치하 때부터 대한민국의 자립성을 키우고 나아가 많은 사람들에게 도움을 주기 위해서였지 자신 개인의 영달을 위해서 그랬던 건 아니었다.

문제는 그가 생각하는 것과 다르게 자식놈들이 다른 생각을 품었다는 것이었다.

게다가 그것은 전염병처럼 이리저리 퍼져 나가더니 이제는 동생들까지 그에 휘말려 있었다.

실제로 사장단 협의회 부회장을 맡고 있는 정찬수도 호시탐탐 야욕을 드러내고 있었다.

정찬수가 정인호를 뒤에서 은밀히 회유한 걸 볼 때 정찬수도 이미 강해찬 손아귀에 들어갔다고 봐야 했다.

정용후 회장이 건형을 부른 건 이들을 어떻게 처리할지 그 의중을 파악하기 위해서였다.

그래도 그들 모두 정용후 회장의 피붙이다.

피는 물보다 진하다는 말이 있듯이 정용후 회장이 아무리 마음을 독하게 먹었다고 해도 가족 앞에서는 그게 흐트러질 수밖에 없는 게 사실이다.

게다가 한 명은 자신의 동생이고, 한 명은 자신의 아들인 걸 감안한다면 더욱더 그랬다.

다만 지금은 건형에게 완전히 전권을 위임한 상황이다 보니 섣부르게 나서지 못하고 있을 뿐 그래도 어떻게든 최대한 그들에게 갱생할 기회를 주고 싶은 것도 사실이었다.

"회장님께서 무슨 생각을 하고 있으신지는 잘 알겠습니다. 그러나 여기서 우리가 쉽게 나갔다가는 저들이 오히려 우습게 알고 더욱더 매섭게 덤벼들 게 분명합니다. 그럴 바에는 애초에 싹을 뿌리째 뽑는 게 더 나을 것이라고 생각합니다."

이번에 일루미나티로 추정되는 무리들에게 지현을 납치당할 뻔하면서 건형은 많은 것을 느끼게 됐다.

이 세상에는 단순히 선의만으로 모든 걸 해결할 수 없다는 걸 깨달았다.

그리고 때로는 자신이 손을 독하게 써야 할 때도 필요하다는 것을 배웠다.

애초에 그는 일루미나티의 약속을 믿고 행동한 것이었다.

하지만 그건 안일한 생각이었다.

자신이 철두철미하게 경계를 계속했더라면 사전에 이런 일을 방지할 수 있었을 것이다.

그렇다 보니 건형은 더욱더 완벽하게 움직일 생각이었다.

차라리 그렇게 하는 게 어수룩하게 굴다가 호되게 당하는 것보다 더 나을 것이라고 생각하고 있었다.

"휴, 그렇군. 알았네. 자네 뜻대로 하세."

"알겠습니다, 회장님."

"승산은 있는 거겠지?"

"물론입니다. 조만간 체스터 브로만 회장이 방문하실 겁니다. 그때 제가 계획하고 있는 플랜에 대해 이야기 들으실 수 있을 테고요."

"체스터 브로만?"

사실 어제는 태양일보의 경제부 차장인 한길수 차장이 건형과 체스터 브로만 그리고 알버트 폴슨의 인터뷰를 따가는 날이었다.

중간에 일이 꼬이면서 파토가 나 버렸지만 여전히 한길수는 기회를 노리고 있었다.

그리고 그는 특종으로 태원 그룹과 BP의 차세대 에너지 산업 협력 투자 계약이 체결됐다는 소식을 내보낼 생각이었다.

만약 그게 확실시되면?

일시적이지만 주가가 폭등할 게 분명했다.

BP는 세계적인 그룹으로 특히 에너지 분야에 있어서는 로얄 더치 쉘 같은 몇몇 그룹들과 어깨를 나란히 하는 최고의 그룹 중 하나였다.

그런 그룹과 차세대 에너지에 관련해서 협력 투자 계약

을 맺게 된다는 게 밝혀진다면?

주가에 호재가 발생할 게 분명했다.

물론 그 이후 차세대 에너지 산업이 어떻게 흘러가느냐에 따라 주가가 요동치겠지만 지금 상황은 여러모로 긍정적인 측면이 많았다.

체스터 브로만 회장이 건형, 그리고 태원 그룹에게 투자를 약속한 것도 이런 측면이 강했다.

어차피 석유 에너지는 곧 고갈될 테고 그럴 경우 새로운 에너지 자원을 찾아내야만 한다.

그런 상황에서 환경 오염을 이유로 보다 더 친환경적인 에너지가 요구되고 있는 상황이다.

그렇게 볼 때 현성이 이야기하고 있는 차세대 에너지는 지금 이 상황에 딱 알맞은 새로운 에너지원이 되어줄 터였다.

게다가 체스터 브로만 회장이 밀접하게 연관을 맺고 있는 게 알버트 폴슨이다.

또한 그 알버트 폴슨은 르네상스에서도 꽤 높은 위치에 있다.

체스터 브로만 회장이 태원 그룹에 투자하기로 마음 먹은 이상 알버트 폴슨을 부추길 테고 알버트 폴슨 역시 르네상스에 건형과 다시 손을 잡는 방향을 모색할 것을 요구할 게 분명했다.

이쪽 방면의 대가라고 할 수 있는 스티븐 윌리엄스가 완곡하게 거절의 의사를 밝힌 건 사실이다.

그러나 그가 이유로 든 건 기업들 배 불리는 일을 하기 싫다는 것이었다.

그 부분만 약속을 받아둔다면 스티븐 윌리엄스의 도움도 받아낼 수 있을 터였다.

만약 그게 완성된다면?

새로운 천연 에너지를 개발해 내는 사업.

그리고 박건형은 완전기억능력에서 얻어지는 에너지를 통해 그것을 보다 구체화할 생각이었다.

아직 모든 게 짜여진 건 아니지만 충분히 성사될 수 있는 것이기도 했다.

인간의 신경세포가 시냅스의 좁은 틈으로 도파민과 같은 신경 전달 물질을 분비하며 전기화학적 신호에 의해 다른 신경세포들과 대화하는 걸 볼 때 인간 역시 미미하긴 하지만 전기적인 신호를 띈다는 걸 확인할 수 있다.

다만 건형은 다른 사람들보다 이 전기화학적 신호가 훨씬 더 강화된 것이었다.

그리고 그건 퍽치기 사고를 당하면서 뇌를 다쳤을 때 크게 영향을 미쳤을 가능성이 높았다.

건형은 이 전기화학적 신호를 이용해서 뇌파를 조종할 수 있고 또 그 뇌파를 자극해서 일시적이지만 고통을 줄 수도 있으며 상대방의 신체를 산산조각 부서트릴 수도 있었다.

그게 바로 건형이 얻은 새롭게 진화한 완전기억능력이기도 했다.

전기화학적 신호를 다룰 수 있는 것.

그리고 이 능력을 더 강화할 수 있다면?

건형은 단순히 생각하는 것만으로 상대를 자유자재로 조종할 수 있는 능력을 갖추게 될 터였다.

만약 거기에서 더 나아간다면?

인간이 상상하는 것 그 이상.

상상력의 한계를 보게 될 수 있을 것이었다.

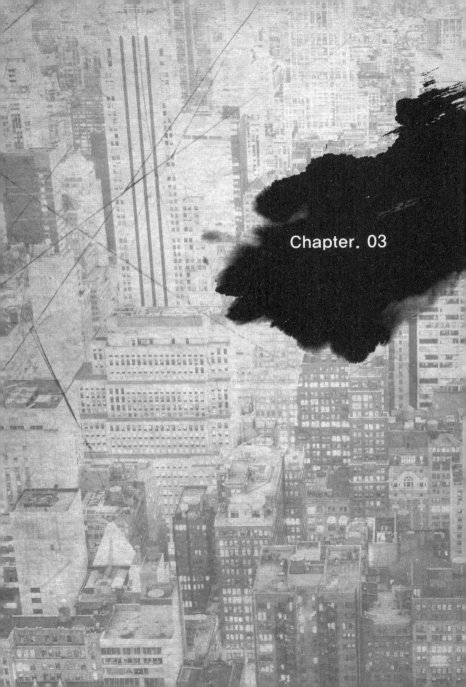

Chapter. 03

정용후 회장과 면담을 끝냈다.

정용후 회장은 건형에게 BP와 협력 중인 사업을 잘 부탁한다고 이야기를 덧붙였다.

아무래도 최근 들어 정찬수 부회장과 정인호 전 사장이 취하고 있는 움직임이 여러모로 심상치 않게 느껴졌던 모양이다.

실제로 정인호 전 사장이 사면된 것은 정용후 회장이 남몰래 정계에 돈을 쓴 것으로 오해받고 있었고 그 때문에 태원 그룹의 주가는 날이 갈수록 하락세를 그리는 중이었다.

거기에 태원 그룹의 지난 분기 실적이 썩 좋지 않았기 때문에 주주들의 불안감이 배가 될 수밖에 없었다.

애초에 태원 그룹이 가지고 있는 신뢰와 공정성이라는 이미지에 금이 가 버렸으니 말이다.

게다가 언론 플레이 때문에 보수 단체는 물론 진보 단체들도 태원 그룹을 성토하기 시작하며 일부 온라인 사이트에서는 대규모 불매운동을 벌일 준비 중이라는 소문도 떠돌고 있었다.

원래 소문이라는 게 발 없이 천리를 가는 법이다.

그리고 그 소문이 퍼지기 시작하면 걷잡을 수 없는 것도 사실이다.

게다가 한 번 소문에 탄력이 붙고 동조하는 사람들이 늘어나면 그때는 너도나도 할 것 없이 휩쓸리게 되어 버린다.

그게 바로 군중심리다.

장형철이 노리고 있는 게 바로 이 군중심리일 것이다.

군중심리를 이용해서 태원 그룹의 제품을 불매운동할 테고 그것을 통해 주주들의 마음을 뒤흔들 것이다.

그런 다음 주주총회를 열어서 대표이사를 바꾸려고 할 터.

정용후 회장의 지분이 높은 건 사실이지만 그게 또 매우 높은 편은 아니다.

우호 지분을 끌어들여야 경영권 방어가 가능한 것이지 대주주 한두 명이 떨어져 나가기 시작하면 경영권을 언제 빼앗겨도 이상하지 않은 일이다.

게다가 정인호 전 사장은 정용후 회장이 칩거 중인 동안 회사를 잘 꾸려 왔고 그동안 실적이 좋았다 보니 주주들의 마음이 바뀔 가능성도 적지 않다고 봐야 했다.

건형은 그것을 머릿속으로 생각해 두며 전략 기획실로 발걸음을 옮겼다. 그리고 문 앞에 도착했을 때 문득 생각나는 게 하나 있었다.

'그러고 보니 그 날 일을 어떻게 설명해야 하지?'

생각해 보니 지현이가 납치를 당했던 그 날 건형은 지수와 함께 메리어트 호텔에서 한길수 기자 및 알버트 폴슨 그리고 체스터 브로만과 만남을 가지고 있었다.

그러다가 지현이가 납치된 걸 알고 다급히 호텔을 빠져나왔지만 차가 막히는 바람에 결국 호텔로 돌아가 람보르기니를 맡기고 자신은 순식간에 집으로 향했었다. 그리고 그때 완전기억능력을 일부분 사용했었다.

그 당시 지수도 그것을 봤을 터였다.

그리고 분명히 경악했을 것이다.

갑자기 사람이 순식간에 사라져 버렸으니까.

'일단 이야기를 해 보는 수밖에.'

건형은 전략 기획실 안으로 들어섰다.

팀장들이 그가 온 것을 보고는 고개를 숙여 보였다.

"오셨습니까?"

"예. 정 팀장님은 지금 어디 계시죠?"

"아, 지금 회의실에 계십니다. 중요한 미팅 중이시고요."

"누가 찾아왔습니까?"

"예. 체스터 브로만 회장님이 오셨습니다."

"……체스터 브로만 회장이 왔다고요?"

성미가 급한 사내다.

그 날 잠깐 이야기 나눈 것 때문에 오늘 아침부터 회사를 찾아왔다고 한다.

자신이 아직 출근하지 않았는데도 불구하고.

그만큼 몸이 달아올랐다는 이야기일까?

"알겠습니다. 그러면 하던 일들 마저 하세요. 회의실로 들어가 보겠습니다."

"예, 실장님."

건형은 자신의 방이 아니라 회의실로 향했다.

회의실 안에는 세 사람이 자리를 잡고 앉아 있었다.

왼쪽에는 지수가, 오른쪽에는 체스터 브로만과 알버트

폴슨이 앉아 있었다.

"어, 실장님? 지금 출근하신 거예요?"

"아, 미안하게 됐어요. 급한 일이 생겨서."

"저도 뉴스 보고 알았어요. 지현 씨는 괜찮으세요?"

지수는 떨떠름한 표정으로 건형을 바라보고 있었다.

그러나 손님들이 있다보니 차마 그 이상 자세하게 물어보진 못하는 눈치였다.

건형도 서둘러 주제를 바꿨다.

"예, 괜찮습니다. 그런데 두 분은 어쩐 일로 오신 거죠?"

"미스터 팍. 여자친구가 다쳤다는 이야기는 들었네. 괜찮나?"

"예, 걱정해주셔서 감사합니다."

"오늘 여기까지 다시 찾아온 건 지난번 했던 이야기를 마무리 짓기 위해서네. 내일 중에는 귀국을 해야 할 거 같아서 말이지."

그러고 보니 그들이 재촉할 수밖에 없는 이유가 있었다.

그들이 계속 이 일에만 매달려 있을 수 있는 것도 아니고 귀국해서 회사 일도 다시 봐야 할 필요가 있었다.

그렇다 보니 이렇게 불쑥 회사에 찾아오게 된 것이리라.

"그러면 여기서 이야기를 나누셔도 괜찮으시겠습니까?"

"물론이네. 나는 어디든 상관없다네. 오늘 초안이 완성되면 더할 나위 없이 좋겠군. 나머지는 실무진들에게 맡기면 그만이니까."

"예. 제가 생각하는 건 차세대 에너지로 이 대자연에 존재하는 기라는 걸 차용하는 겁니다. 천연 에너지이다 보니 환경에도 영향을 미치지 않을 테고 자연에 존재하는 에너지니까 고갈될 걱정을 하지 않아도 될 겁니다."

"기라고 했나?"

체스터 브로만이 두 눈을 휘둥그레 뜨며 건형을 쳐다봤다.

갑자기 무슨 뜬구름 잡는 이야기를 꺼내는지 이해하기 어려웠다.

"기라는 건 여기에도 존재하고 있죠. 믿지 못하겠다면 한번 보여드리겠습니다."

건형은 직접 말로 보여 주는 게 더 나을 것이라고 생각했다.

그리고 그는 뇌파를 이용해서 책상에 놓여 있는 펜을 들어 올리기 시작했다.

마치 그것은 염력 같았다.

두둥실 떠오른 펜을 가리키며 건형이 입을 열었다.

"이건 제가 뇌파로 조종을 한 겁니다."

"초능력 아닌가? 이것이 기라는 것과 무슨 관계가 있는 건지……."

"이 초능력을 사용할 수 있게 만들어 주는 게 바로 대자연에 존재하는 기입니다."

정지수도 어리둥절한 표정으로 건형을 바라봤다.

그가 지금 이야기하는 건 길거리에서 종종 볼 수 있는 사이비 교도를 보는 것 같았다.

'기를 믿으십니까?' 이러면서 호객 행위를 하는 그런 사이비 신자 말이다.

'도대체 이게 무슨……'

그때 알버트 폴슨이 건형을 쳐다보며 물었다.

"그 기를 유형화시키는 게 가능한 일인가?"

"가능합니다."

"으음. 그게 가능하다면…… 충분히 통할 수 있겠어."

체스터 브로만이 알버트 폴슨을 쳐다봤다.

알버트 폴슨이 고개를 끄덕였다.

체스터 브로만이 곰곰이 생각을 정리했다.

아직까지 반신반의하고 있는 한 사람.

이게 도대체 무슨 일인지 황당해하는 한 사람.

그리고 진지하게 고려 중인 두 사람.

네 사람이 생각에 잠겨 있을 때 제일 먼저 말을 꺼낸 건 반신반의하고 있는 사람이었다.

그는 확신에 가득 찬 목소리로 입을 열었다.

"음…… 나는 알버트를 믿네. 사실 미스터 곽에게 관심을 가진 것도 알버트 조언 덕분이었으니까. 알버트가 맞다고 하면 끝까지 믿어 봐야겠지. 한번 같이 해 보세."

체스터 브로만은 체격만큼 성격이 호탕했다.

그리고 알버트 폴슨을 그가 얼마나 신뢰하고 있는지 새삼 느낄 수 있을 것 같았다.

건형이 그가 내민 손을 마주 잡으며 입가에 미소를 그렸다.

"좋습니다. 한번 해 보죠."

BP와 협력한다는 건 태원 그룹에도 여러모로 좋은 일이다.

게다가 이것은 태원 그룹 주가에도 호재로 작용할 게 분명했다.

체스터 브로만 회장은 태원 그룹과 차세대 에너지 관련해서 계약을 체결하기로 1차적인 결정을 끝냈다.

이제 실무진들끼리 회의를 한 다음 그 회의를 통해 구체적인 플랜을 짤 예정이었다.

물론 건형이 이 일의 총괄 책임자이다 보니 그가 시작부터 끝까지 관여해야 하는 건 어쩔 수 없는 일이었다.

그러나 태원 그룹을 되살리려면 반드시 해야 하는 일이기도 했다.

태원 그룹이야말로 자신을 향한 최고의 우호 세력이 되어 줄 게 분명했다.

이 태원 그룹을 발판으로 해서 차근차근 밟아 올라가야 했다.

"있다가 저녁이나 같이 드시죠."

"음. 그것도 괜찮겠군. 생각해 둔 곳은 있나?"

"예. 그러고 보니 헨리 교수님도 초대하도록 하죠."

"헨리도? 그러고 보니 헨리가 여기 머무르고 있다는 이야기를 들은 기억이 나는군. 오랜만에 헨리 얼굴도 보고 좋겠군."

"그러면 있다 저녁에 제가 호텔로 찾아가겠습니다. 거기에 차를 맡겨 두기도 했고요."

"알겠네. 유익한 이야기였네."

"두 회사가 함께 움직이는 만큼 좋은 결과를 만들어 낼수 있을 겁니다."

건형도 활짝 미소를 지어 보였다.

그들이 돌아가고 난 뒤 지수가 건형을 보며 물었다.

"실장님을 믿지만 그 기라는 게 진짜 실존하는 건가요?"

"너무 터무니없다고 생각하시는 건가요?"

"……예. 실장님도 그렇게 생각하지 않으시나요?"

"아닙니다. 기라는 건 분명히 실존하는 물질입니다. 이 기라는 것을 이용해서 정말 다양하게 쓸 수 있죠. 예를 들면 아까 전처럼 염력으로 사용하는 게 가능하고 사람의 상처를 치료할 수도 있죠. 또는 이것으로 전력을 대신할 수도 있습니다."

인간의 뇌파는 전자기적 신호를 갖고 있다.

어떻게 보면 인간은 뇌에서 보내는 이 전기 자극을 통해 움직이는 것이라고 볼 수 있다.

인간의 신체가 전기가 통하는 게 그런 이유에서다.

"……."

그러나 여전히 지수의 표정은 아리송했다.

"믿어 보세요. 분명히 성과를 만들어 낼 테니까요."

"……알겠어요, 실장님."

지수가 고개를 끄덕였다.

지난번에도 불가능을 가능케 했던 게 바로 박건형이다.

이번에도 그를 믿어야 했다.

그가 태원 그룹의 마지막 구명줄이니까.

며칠 동안 건형은 눈코 뜰새 없이 바빴다.

지현을 습격한 사람들의 배후에 누가 있는지 알아봐야 했고 또 이 기를 이용한 천연 에너지를 개발해야 했다.

둘 다 쉬운 일이 아니었다.

특히 지현을 습격한 사람들 같은 경우 그 배후를 찾는 게 너무 까다로웠다.

둘 다 신분은 깔끔하게 삭제된 상태였다.

애초에 존재하지 않는 사람들이었다는 이야기다.

뿐만 아니라 그들이 머물고 있던 안가 같은 경우 소유주가 없었다.

누가 지었는지 원래 그곳에 살던 사람들이 누군지 전혀 파악되지 않았다.

정체를 알 수 없는 미스터리한 집단이었다.

그렇지만 지혁이 최선을 다해 그들을 뒤쫓고 있었다.

체스터 브로만은 알버트 폴슨과 함께 런던으로 귀국했다.

그리고 그는 곧 실무진을 태원 그룹으로 보냈다.

다들 에너지 관련 사업에서는 정평이 나 있는 엘리트들이었다.

처음에만 해도 건형이 무슨 뚱딴지 잡는 소식을 하나 의심해하던 그들은 실제로 건형이 대자연에 존재하는 기를 이용해서 전기를 만들어 내자 그때부터 그를 신앙하기 시작했다.

그 이후 이 기를 에너지로 이끌어 낸 다음 그 에너지를 상용화하는 것에 관해 여러 가지 검토를 하기 시작했다.

그럴 때마다 건형이 갖고 있는 폭넓은 지식이 톡톡히 제 역할을 해냈다.

그동안 지현은 해외 콘서트는 전부 다 거절한 채 집과 회사만을 오고 가고 있었다.

틈틈이 지현은 건형과 함께 드라이브를 다니며 트라우마를 씻어내기 위해 노력했지만 그게 하루아침에 지워질 그런 쉬운 문제가 아니었다.

정 안 되면 기억을 일부 삭제하는 방법도 생각하고 있었지만 지현한테 만큼은 그렇게 하고 싶지 않았다.

지현이가 그럴 생각이 있다고 해도 건형 자신이 그렇게 할 수 있을지 그게 감당이 되질 않았다.

그러는 동안 실무진들끼리도 이야기가 끝이 났고 상용화

할 수 있는 방법이 하나둘 생겨나기 시작했다.

효율은 최고, 에너지량은 무제한, 친환경적이고 재생 가능한 최고의 천연 에너지를 짧은 시간에 만들어 낸 것이다.

물론 발전 설비를 갖추고, 그 설비 시설을 늘리고, 그에 맞는 규격을 개발하고, 테스트를 해서 정식 인정을 받기까지는 오랜 시간이 걸릴 테지만 그건 시간이 해결해 줄 문제였다.

그리고 며칠 뒤 대한민국의 중소신문사 중 하나인 태양일보 1면에 큼지막한 기사가 하나 실렸다.

『태원 − BP, 차세대 에너지 산업 협약 맺다.』

그와 함께 커다란 제목 아래 실린 건 한길수 경제부 차장이 태원 그룹의 박건형 실장 그리고 BP의 회장 체스터 브로만과 나눈 인터뷰였다.

그리고 그 날 아침.

주가가 요동치기 시작했다.

*　　　*　　　*

주식시장이 요동치기 시작했다.

태원 그룹은 장이 열리자마자 사고 싶어 하는 사람들로 넘쳐나기 시작했다.

그렇지만 종목 값이 올라가는 상황에 주식을 매도할 사람이 있을 리 없었다.

결국 사고 싶은 사람은 늘고 팔고 싶은 사람은 없고.

수요는 있는데 공급은 없는 상황이 되어 버렸다.

그러면서 태원 그룹은 끝을 모르고 상승 곡선을 그렸다.

그리고 최대치인 15%를 단숨에 찍어 버렸다.

만약 최대 상승치가 없는 미국이었다면?

몇 퍼센트 이상을 찍었을지 아무도 알 수 없는 일이었다.

"회장님. 축하드립니다."

정용후 회장을 측근에서 보필하고 있는 김 차장이 고개를 깍듯이 숙여 보였다.

"고맙군. 역시 박 실장이야. BP와의 계약 타결이라는 성과를 만들어 낼 줄이야."

저절로 탄성이 났다.

세계적인 다국적 기업 BP와 태원 그룹이 어깨를 나란히 하게 됐다.

제일 먼저 관련 기사를 보도한 건 태양일보였다.

태양일보의 경제부 차장 한길수는 조간신문 1면에 이 이야기를 대서특필해서 실었다.

그 후 런던에 본사를 두고 있는 BP가 먼저 발표를 연이어 했다.

BP는 영국 언론과의 인터뷰를 통해 차세대 천연 에너지 자원 개발을 이유로 들어 태원 그룹과 협력 체계를 갖추겠다고 전격 발표했다.

그리고 얼마 지나지 않아 태원 그룹 역시 BP와 비슷한 내용을 공식적으로 발표했다.

정지수는 믿을 수 없다는 얼굴로 건형을 바라봤다.

그가 전략 기획실장으로 부임하고 얼마 되지 않았다.

그런데 벌써 대형 건수를 하나 계약했다.

BP와의 계약.

국내 대다수의 에너지 업체는 BP의 하청 업체나 다름없다.

BP는 수출 업체인데 비해 우리나라 대부분의 에너지 업체들 중 정유 업체들은 수입을 해 와서 그것을 다시 역수출하는 구조다 보니 그럴 수밖에 없다.

실제로 몇 년 전 글로벌 석유 기업의 매출을 조사해 본 결과 BP나 로얄 더치 쉘, 엑손 모빌 같은 세계적으로 이름 있는 기업들은 영업 이익만으로 300억 달러가 넘었다.

300억 달러, 한화로 계산하면 30조가 넘는 엄청난 액수다.

반면에 우리나라 굴지의 정유 회사 같은 경우 영업이익은 3,500억 정도에 그쳤을 뿐이다.

그 규모가 무려 100배 정도 차이가 나는 셈이다.

그래서일까.

우리나라 정유 회사들의 로비를 받은 몇몇 언론에서는 대대적으로 태원 그룹을 비판하고 나섰다.

국내에도 여러 에너지 업체가 있는데도 불구하고 굳이 외국에 있는 거대 공룡을 불러들여야 하느냐는 그런 날 선 비판들이었다.

그들 입장에서 태원 그룹이 BP와 협력해서 새로운 에너지 개발에 성공하게 된다면 자신들이 설 자리는 완전 없어지게 되어 버리는 셈이었다.

BP 역시 석유를 가지고 이익을 내는 회사이니 천연 에너지 쪽에 무작정 주력 투자를 하지 않겠지만 그래도 의혹이 남는 건 사실이었다.

한편 이들이 협력하기로 했다는 걸 들은 마스터는 얼굴을 구겼다.

"기어코 르네상스하고 손을 잡겠다는 것인가?"

BP는 오래전부터 르네상스와 친분이 있던 곳이다.

영국의 석유 회사로 본사는 런던에 두고 있으며 세계 3대 석유 회사 중 하나다.

또한 엑손 모빌에 이은 세계 제2위의 민간 석유 회사이기도 하다.

이 둘이 손을 잡았다는 건 하나다.

차세대 에너지 시장을 둘이서 석권하겠다는 의미.

특히 완전기억능력을 갖고 있는 박건형이 있는 이상 그들이 갖는 시너지가 어떨지 상상만 해도 끔찍했다.

더군다나 르네상스에는 세계적으로 유명한 학자들이 무수히 많다.

그들이 건형과 한편이 돼서 일루미나티를 대적하기 시작한다면?

여러모로 골치 아픈 일이 발생할 게 분명했다.

게다가 지난번 그의 연인을 납치한 것 때문에 이래저래 상황이 꼬여 있었다.

그 역시 사람을 시켜서 뒤를 잡히지 않게 최대한 시간을 벌어 두고 있었지만 박건형이라는 놈도 만만치 않은 녀석이었다.

그렇다 보니 마스터가 불안해할 수밖에 없었다.

전면전이 일어난다고 해서 반드시 필승을 확신할 수 없는 상태인데 르네상스가 박건형의 힘을 등에 업게 된다면?

그야말로 이것은 로얄 클럽과 일루미나티, 르네상스 세 개 그룹의 균형을 깨트리는 끔찍한 일이 벌어질 공산이 높았다.

"어떤 식으로든 손을 써야 할 필요는 있다."

중요한 건 그거였다.

손을 쓸 필요가 있다는 것.

그래서 확실한 시기에 승부수를 걸어야 했다.

지금은 그 승부수를 걸 시기가 아니었다.

아직 준비가 덜 되어 있기 때문이었다.

태원 그룹의 주가가 폭등하기 시작하면서 졸지에 고비에 몰리게 된 건 정인호 전 사장과 정찬수 부회장 측이었다.

그들로서는 태원 그룹의 주가가 떨어지고 이미지가 완전히 맛이 갈 때쯤 주주총회를 열어서 경영권을 가져오려는 전략을 취하고 있었기 때문이다.

그런데 이때 갑자기 태원 그룹이 BP와 협력 관계를 구축하기로 했고 그로 인해 태원 그룹의 주가가 순식간에 상승

하는 현상을 만들어 낸 것이었다.

"어떻게 해야 좋을까요?"

이전에만 해도 권력 다툼에 혈안이 돼서 서로 물고 뜯고 싸우던 정찬수와 정인호다.

그런데 이제 와서 두 사람은 서로 협력 관계를 맺고 있었다.

어쩔 수 없었다.

정용후 회장에게 경영권을 빼앗아 오기 위해서는 그 방법뿐이었다.

그런데 문제는 박건형이 태원 그룹을 기사회생시켰다는 것이었다.

그게 가장 큰 문제였다.

"음, 아무래도 네가 한번 강해찬 의원님을 만나 뵙고 와야겠다. 지금 우리가 도와 달라고 요청할 만한 사람은 강해찬 의원님밖에 없지 않겠냐? 어떻겠냐?"

"음, 알겠습니다."

강해찬 국회의원은 자신의 생명줄이나 다름없다.

정찬수 부회장이나 정인호 전 사장이나 그건 똑같다.

그들한테는 지금 강해찬 국회의원의 바지를 잡고 매달리는 방법밖에 남아 있지 않았다.

한편 강해찬 국회의원도 상황을 전해 들은 상태였다.

생각지도 못한 변수가 발생했다.

BP와 공동 에너지 개발을 하게 될 줄은 몰랐다.

에너지 산업은 국내에서는 실익이 없다.

몇몇 대기업 같은 경우 태양광 산업이나 전기 산업, 수소 에너지 산업 등 여러 에너지 산업에 매달리고 있지만 실속은 제대로 챙기지 못하고 있는 게 현실이다.

어째서일까?

그것을 상용화하는 데 많은 돈이 들어가기 때문이다.

그런데 BP가 뜬금없이 태원 그룹과 손을 맞잡았다.

어떻게 된 일인지 알아보게 했더니 그들이 현재 개발하려고 하는 분야가 다름 아닌 청정 에너지라고 했다.

어차피 오늘은 첫날이고 BP라는 다국적 기업의 네임 밸류 때문에 주식이 고평가 받았을 뿐이다.

며칠 뒤 각종 지표가 공개되고 그들이 하려는 천연 에너지 산업이 얼마나 허황된 것인지 알려지면?

주가는 다시 떨어질 것이다.

그러나 만약 그들이 만들어 낸 에너지 산업이 효율적이라면? 그리고 상용화가 가능하다면?

그렇게 되면 그때부터 문제가 되는 것이다.

강해찬이 얼굴을 구겼다.

불확실한 변수가 너무 많았다.

장형철을 만나서 이번 상황에 대해 이야기를 해 봐야 할 것 같았다.

"도대체 이 자식은 어디를 간 거야?"

강해찬이 입술을 깨물었다.

상황을 정리해 줄 사람이 필요했다.

그때였다.

똑똑―

문을 두드리는 소리가 있었다.

"누구야!"

"의원님, 접니다."

문을 두드린 건 장형철 수석보좌관이었다.

강해찬이 반색하며 소리쳤다.

"빨리 들어와! 어디를 갔다 온 거야?"

"죄송합니다, 의원님."

의원실 안으로 장형철이 다급히 들어왔다.

강해찬이 그를 책망하며 물었다.

"도대체 어디를 갔다가 이렇게 늦게 오는 거야!"

"죄송합니다. 긴급한 미팅이 있어서 말도 하지 못하고 갔다 올 수밖에 없었습니다."

"긴급한 미팅? 누구를 만나고 온 건가?"

"록펠러 가문의 대리인을 만나고 왔습니다."

"록펠러? 록펠러라고? 혹시 미국 그 삼대 재벌 중 하나인 그 록펠러 가문을 말하는 건 아니겠지?"

"맞습니다. 의원님."

"허……."

강해찬이 눈을 휘둥그레 뜨며 장형철을 쳐다봤다.

갑자기 여기서 록펠러 가문의 대리인이 나오니까 기분이 묘했다.

"일단 이야기를 들어 보자고. 그래, 록펠러 가문의 대리인은 어쩐 일로 만나게 된 건가?"

"그들이 먼저 만나자고 요청을 해 왔습니다."

"흠, 무슨 일로 그랬던 것이지?"

"태원 그룹, 그리고 박건형을 견제할 방법이 필요하지 않냐고 하더군요. 그러면서 만약 도움이 필요하다면 자신들이 그 도움을 주겠다고 이야기를 해 왔습니다."

"그래? 그렇게 해 주는 대신 그들이 우리한테 원하는 건 뭐라고 하던가?"

"원하는 건 박건형을 견제해 주는 것이었습니다."

"록펠러 가문이 그렇게 하길 원하는 이유가 따로 있는 것일까?"

이해할 수 없는 일이다.

왜 록펠러 가문이 박건형을 견제하는 것일까.

거기에서 의구심이 생겼다.

"그리고 우리가 그들의 의견을 들어야 하는 이유가 있다고 생각하나?"

게다가 여태껏 항상 누군가를 이용해 먹기만 했던 강해찬이다.

그런 자신이 누군가한테 부림당한다는 생각은 단 한 번도 해 본 적이 없었다.

그래서일까.

더욱더 의심이 깊어졌다.

그런 강해찬을 보며 장형철이 입을 열었다.

"의원님, 신중하게 생각하셔야 합니다."

"이야기해 보게. 경청하지."

"지금 우리는 사면초가에 놓여 있습니다. 준비했던 모든 수가 다 막힌 상태입니다. 정인호 전 사장을 이용해서 태원 그룹을 집어삼킬 생각이었는데 그게 물거품이 되게 생겼습니다."

"그들이 연구할 것이라고 발표한 그 천연 에너지를 상용화하는 게 가능하다고 보나? 여태 꽤 많은 곳이 천연 에너지를 연구했지만 번번이 실패하곤 했지. 아직 우리 과학력으로는 그게 어려웠기 때문이었어."

평소 천연 에너지에 관심이 많던 강해찬이다.

별다른 자원이 없는 대한민국이라는 나라의 특성상 인력이 최고의 자원이 될 수밖에 없었고 그 인력으로 하여금 새로운 에너지 자원을 찾아내게 하는 게 대한민국이 살아남을 수 있는 길이라고 봤기 때문이다.

그런 탓에 강해찬은 그 누구보다 천연 에너지 산업의 허실을 파악할 수가 있었다.

그때 장형철이 딱딱하게 굳은 표정으로 강해찬을 바라보며 말했다.

"의원님. 이번은 진짜입니다."

"진짜라고?"

"록펠러 가문의 대리인이 말했습니다. 그들이 연구 중인 천연 에너지 산업은 무조건 성공할 것이라고 말입니다."

"허허⋯⋯."

강해찬의 낯빛이 어두워졌다.

그때였다.

장형철이 강해찬을 바라보며 입을 열었다.

"어떻게 하시겠습니까? 여기서 그들의 제안을 수락하는 게 낫지 않겠습니까?"

록펠러 가문이다.

미국에서 가장 부유한 세 가문 중 하나다.

게다가 그 뒤에 어떤 힘이 숨겨져 있을지 알 수 없다.

강해찬이 얼굴을 구겼다.

장형철은 모르지만 그는 록펠러 가문 뒤에 숨어 있는 실체에 대해 알고 있다.

'일루미나티.'

장형철은 모르고 있지만 강해찬은 그들에 대해 알고 있다.

오래전 그들에 대해 이야기를 들어봤기 때문이다.

어렴풋이 들은 것이지만 미국을 비롯해 전 세계에 영향력을 뻗치고 있는 비밀 그룹 중 하나.

그들이 바로 일루미나티다.

그리고 자신이 알기로 록펠러 가문 뒤에 일루미나티가 분명히 있었다.

그에 대해 간략하게나마 이야기를 들었으니까.

그러나 지금 상황은 자신한테 불리하게 흘러가고 있었다.

선택을 내려야 했다.

그런데 그 선택의 폭은 지금 자신이 보기에 지나칠 정도로 좁게 느껴지고 있었다.

Chapter. 04

강해찬이 입을 열었다.

"알겠네. 그들과 자리를 만들어 주게. 내가 먼저 그들을 만나러 가는 일은 없을 걸세."

"알겠습니다. 의원님. 현명한 판단을 내리신 겁니다."

장형철이 깊숙이 고개를 숙여 보였다.

장형철은 이번에 반드시 록펠러 가문과 손을 잡아야 한다고 생각하고 있었다.

그렇게 하지 않는 이상 자신들에게 미래는 없는 것이나 다름없었다.

그들이 그동안 숱하게 저지른 비리들.

지금 그것들을 막아 내고 있는 건 강해찬 국회의원의 정치력 덕분이었다.

그런데 지금 그것에 하나둘 금이 가고 있는 상황이었다.

이럴 때는 외부의 힘을 얻어서라도 일단 소나기는 피하고 가는 게 맞았다.

한편 태원 그룹의 주식이 상한가를 기록하면서 태원 그룹 주주들은 하나둘 불만을 수그리기 시작했다.

그전까지만 해도 태원 그룹이 크게 요동치면서 주주들도 불안해할 수밖에 없었던 것이지만 지금 상황은 그들에게 대단히 만족스러울 수밖에 없었다.

그도 그럴 것이 연일 주식이 상한가를 치고 있었다.

어제 1,000만원의 가치를 가지고 있던 주식이 오늘은 1,300만원이, 그 주식이 내일은 1,690만원이 될 것이라는 의미와도 같았기 때문이다.

태원 그룹 주식은 대한민국 주식시장 상한가 최대치인 30%를 기록하며 지금도 계속해서 상한가를 치고 있었다.

그렇다 보니 덩달아 태원 그룹 회장 정용후의 주식 평가액도 시간이 가면 갈수록 늘어날 것으로 예상되는 중이었다.

그 때문에 졸지에 함박웃음을 터트리게 된 건 전략 기획실이었다.

어쨌든 이번 안건을 성사시킨 게 신임 전략 기획실장 박건형이었고 그것 때문에 전략 기획실에 대한 신임도가 부쩍 증가했기 때문이다.

게다가 정용후 회장은 사비를 들여서 전략 기획실 직원 모두에게 통 큰 보너스를 주기로 약속한 상황이었다.

그러는 동안 BP가 대한민국의 태원 그룹과 계약하기로 했다는 것은 유럽 전역에도 퍼졌다. 그들이 천연 에너지 자원을 새로 개발하기로 약속했으며 조만간 그것을 연구해서 상용화할 것이라는 말에 전세계 주식시장도 일순간 크게 흔들렸다.

여기에서 가장 영향을 많이 받은 건 석유 시장과 그와 연관 있는 업종들로 원유 회사, 정유 회사 그리고 관련 자동차 업종들까지 전부 다 일제히 주가가 하락했다.

태원 그룹 혼자 일을 주도했다면 그런 일은 없었겠지만 전 세계적으로 이름이 널리 알려져 있는 BP가 합작하기로 했기 때문에 문제가 될 수밖에 없었다.

게다가 BP는 조만간 상용화를 할 것이라고 단단히 못을 박아 둔 상황이었다.

그렇지만 그런 세상사와 동떨어진 채 건형은 지현을 데리고 대한민국을 떠난 상태였다.

스마트폰도 꺼 버렸고 전자 기기는 일절 소지하지 않았다.

지혁이 만들어 준 가짜 미국 여권, 가짜 신분증, 그 가짜 신분으로 개설한 신용카드, 간단한 옷가지 정도만을 챙긴 채 세상 사람들의 눈을 피해 잠적해 버린 것이었다.

건형은 눈부실 정도로 아름다운 바닷가를 둘러봤다.

그 옆에는 늘씬한 미녀가 함께 발을 맞춰 걷고 있었다.

건형과 지현, 두 사람은 하와이로 건너와서 실컷 휴양을 즐기는 중이었다.

물론 대한민국 사람들이 즐겨 찾는 대부분의 관광지는 뒤로한 채 그들은 인근에 작은 섬을 통째로 빌린 다음 그곳에서 따로 숙식을 하고 있었다.

"지혁 오빠한테 정말 고마워해야 할 거 같아요. 오빠가 아니었으면 정말 이렇게 여행 오는 건 불가능했을 테니까요."

"네가 그렇게 마음 쓰고 있다는 걸 알면 고마워할 거야. 나중에 귀국할 때 맛있는 거 잔뜩 사 들고 가면 되겠네."

"그런데 괜찮을까요?"

지현이 발걸음을 멈추며 건형에게 물었다.

그들은 모든 연락을 통째로 끊어 버렸다.

덕분에 지금 지현의 솔로 앨범 작업은 올스톱이 되어 버렸고 함박웃음을 짓던 전략 기획실도 마비가 되었다.

태원 그룹 정용후 회장과 BP의 체스터 브로만 회장에게는 따로 연락을 취해 뒀지만 그들이 언제까지 기다려 줄지는 알 수 없는 일이었다.

왜냐하면 두 그룹이 합작을 하기로 계약했고 새로운 천연 에너지 자원을 만들겠다고 대중에 공표했기 때문이다.

대중은 쉽게 지루해진다.

변화에 익숙한 그들은 도태되는 걸 싫어한다.

두 그룹이 천연 에너지를 새로 만들겠다고 했고 그것을 빠른 시일 이내에 상용화하겠다고 약속한 이상 발 빠르게 움직일 필요는 있었다.

지금 주가가 올라가는 것은 그런 기대감 때문이지 BP가 아니었다면 그런 기대감도 없었을 테고 오히려 태원 그룹의 주식은 곤두박질쳤을 게 분명했다.

결국 런던에서 체스터 브로만 회장을 만난 게 건형 입장에서는 최악의 상황을 뒤집게 된 절묘한 신의 한 수라고 볼 수 있었다.

"괜찮을 거야. 우리 없다고 이 세상 안 망해."

"그건 그렇지만 태원 그룹은요? 오빠가 없으면 안 돌아 갈 거 같은데요?"

"그만큼 오빠가 능력 있다고 칭찬해 주는 거지?"

"치, 그건 몰라요."

"응? 왜?"

"대학교 복학하면 얼마나 많은 여자애들이 꼬리를 쳐 댈 지 뻔히 보이니까요."

"나 못 믿어?"

"믿죠. 그래도 불안한 건 어쩔 수 없는 거라고요."

잔뜩 토라진 채 질투하는 그 모습이 그렇게 사랑스러워 보일 수가 없었다.

건형은 그대로 지현을 끌어안은 채 해변가를 달리기 시 작했다.

태양이 사라지고 별빛만이 가득한 밤하늘의 바람이 시원 하게 두 사람을 감싸 안았다.

그때 건형이 더욱더 발끝에 힘을 줬다.

그러는 순간 지현을 끌어안고 있던 건형이 두둥실 날아 올랐다.

마치 계단을 밟고 올라가듯 건형은 서서히 하늘 위로 떠 오르고 있었다.

"오, 오빠?"

"괜찮아. 나 믿는다며."

건형은 호기롭게 소리치며 하늘을 그대로 걷기 시작했다.

이 섬 주위에 그들밖에 없기에 가능했던 것이었다.

평소였다면 이런 일은 꿈도 꾸지 못했을 것이다.

그렇게 한참 동안 달달한 데이트를 하던 두 사람은 둘만의 보금자리로 돌아왔다.

아늑한 보금자리였다.

지금 그들이 살고 있는 집에 비하면 좁을지도 모르지만 남들의 방해가 없다는 점에서 여긴 천국이나 다름없었다.

"뭐 먹고 싶은 거 있어?"

"음, 오빠가 잘하는 걸로요."

"나는 다 잘할 수 있는데?"

"그러면 제가 좋아하는 걸로요!"

"알았어. 기다리고 있어."

"응? 제가 뭐 좋아하는지 알아요?"

"내가 만들어 준 요리면 다 되는 거 아니야? 어차피 여기 있는 재료야 뻔하고. 하하."

처음 이 섬에 들어올 때 챙겼던 식량이 그들이 갖고 있는 전부였다.

물론 본 섬에 연락을 하면 식료품을 넉넉히 챙겨서 가져다주겠지만 두 사람은 두 사람만의 이 시간을 빼앗기고 싶은 생각이 전혀 없었다.

그리고 시간이 그렇게 많이 남은 것도 아니었다.

이제 슬슬 돌아가야 할 시간이 다가오고 있었다.

맛있게 요리한 바비큐를 먹은 다음 두 사람은 배를 두드리며 침대에 누웠다.

푹신푹신한 침대에 눕자마자 소록소록 졸음이 밀려들었다.

"오빠, 나중에 또 이런 데 놀러 올 수 있겠죠?"

"음, 당연하지."

"태원 그룹 일은…… 언제 끝나요?"

"이제 곧."

태원 그룹의 발판을 다질 방법은 충분히 마련해 뒀다.

그가 BP와 함께 만들 천연 에너지라면 최소 백 년은 단단한 반석 위에 놓인 것과 다름없을 것이다.

관건은 정용후 회장 그리고 정지수 팀장이 그 가치를 얼마큼 알아보고 얼마나 잘 지키느냐에 달렸다고 봐야 했다.

건형이 해 줄 수 있는 건 거기까지였다.

또 그것은 평소 아버지를 도와줬던 정용후 회장에 대한 답례였고 그가 계획하고 있는 리폼 코리아 프로젝트를 돕기 위한 것이기도 했다.

'그러나 정용후 회장과 내 길은 달라.'

리폼 코리아 프로젝트가 자신이 생각하던 길인 줄 알았지만 그것은 아니었다.

"치, 언제 끝날지 확정 짓지 않는 걸 보면 아직 한참 남았나 보네요."

"그들에게 준 차세대 천연 에너지, 그걸 상용화하는 방법만 알려 주면 돼. 나머지는 거기 학자들도 해결할 수 있을 테니까. 어쨌든 중요한 건 키포인트인데 그 키포인트를 내가 갖고 있는 셈이거든. 그러니까 걱정하지 않아도 돼. 알아서 잘 마무리 짓고 돌아올 테니까."

"태원 그룹 일이 마무리되면 이제 뭐 할 건데요?"

"음, 복학부터 해야지. 아직 졸업도 못 하고 이게 뭐야. 하루 종일 태원 그룹 일에 매달리는 것도 이제 지겹다."

"그리고 또 뭐 할 건데요?"

"음, 너 경호원? 어때?"

"오빠, 연예계에서 되게 콜 많이 들어오는 거 알아요? 여기저기 가리지 않고 들어오던데. 연예인 될 생각은 없어요?"

"에이, 그게 무슨 말도 안 되는 소리야. 애초에 나는 그런 건 관심 없었어."

"퀴즈쇼 특별 MC도 맡아 보셨잖아요. 오빠 이름을 딴 방송도 해 보셨고요."

"그거는 어디까지나 퀴즈쇼였으니까 했던 거고. 나는 그쪽 일은 관심 없어. 그냥 졸업하고 너하고 알콩달콩 살면 그만이지. 이미 돈은 필요한 만큼 모아뒀고."

"그런 게 어딨어요. 오빠도 오빠가 하고 싶은 일이 있을 거 아니에요!"

"하고 싶은 일?"

건형도 하고 싶은 일은 있었다.

사회 정의 구현.

도덕책에는 매번 그렇게 해야 한다고 나와 있지만 정작 지켜진 적은 드문 일들.

건형은 그런 일들을 바로잡고 싶었다.

자신 한 명만의 힘으로는 부족할지 모른다.

그러나 할 수 있다는 의지를 갖고 바꿔 나가다 보면 언젠가 세상을 바꿀 수 있을지도 몰랐다.

건형이 하고 싶은 건 바로 그것이었다.

그러나 지금 지현한테 그 이야기를 꺼낼 수는 없었다.

위험한 일이 될 테니까.

"이제 슬슬 자자. 졸리다."

"알았어요. 자요, 자."

지현이 살며시 건형 품 안에 안겼다.

향기가 났다.

사람의 마음을 편안하게 만들어 주는 그런 향기다.

'어떻게 이런 향기가 날 수 있는 걸까.'

지현은 아리송한 얼굴로 건형을 쳐다봤다.

사람의 마음을 잡아끄는 강렬한 향기다.

왜 건형을 가까이한 사람들이 그에게 빠져드는지도 어렴풋이 이해할 수 있을 것 같았다.

"오빠, 잘 자요."

"응. 너도."

그리고 건형은 지현을 그대로 끌어안은 채 달콤한 잠에 빠져들었다.

그렇게 두 시간 정도 푹 잠에 빠져 있을 때였다.

서서히 밤하늘이 소란스러워지기 시작하더니 천둥이 치며 폭우가 내리기 시작했다.

갑작스러운 장맛비에 잠에서 깬 지현이 눈살을 찌푸렸다.

"치, 잘 자고 있었는데 빗소리 때문에 깼네요."

"더 잘래?"

덩달아 잠에서 깬 건형이 지현을 보며 물었다.

부스스한 머리였지만 그럼에도 지현은 아름답기 이를 데 없었다.

"괜찮아요. 그냥 게임 하고 있을래요."

통신이 전혀 연결되지 않는 외딴 섬이다.

그렇다 보니 인터넷을 쓴다는 건 어림도 없었고 할 수 있는 것이라고는 기존 스마트폰에 내장되어 있는 게임밖에 없었다.

"많이 심심한가 보네."

"하루 이틀이야 오빠하고 하루 종일 붙어 있을 수 있어서 좋았는데 지금은 계속 걱정이 돼서요."

건형은 그녀 마음을 헤아릴 수 있었다.

그녀는 리더다.

그리고 자신의 솔로 앨범 발표를 한창 준비 중이었다.

그러다가 갑자기 여기까지 건너오게 됐으니 걱정할 수밖에 없는 게 당연했다.

그때 지현을 쳐다보던 건형이 입을 열었다.

"그러면 우리 이러지 말고 다른 데 여행 갔다 올까?"

"언제 귀국하려고요?"

"음, 일주일 정도는 더 쉬다가 가도 괜찮지 않을까?"

어디까지나 건형이 여행 계획을 억지로 짠 건 지현을 안심시키기 위해서였다.

지현이 당할 뻔했던 일을 생각한다면 건형은 이보다 더한 것도 해 줄 마음이 있었다.

일루미나티를 박살 내는 건 우선 지현을 안심시킨 뒤의 일이었고.

어쨌든 상황이 이렇게 되어 버렸으니 건형 입장에서는 일루미나티를 용서할 수 없었고 이미 건형과 일루미나티 사이는 크게 갈라져 버린 뒤였다.

"어디를 가려고요? 사람이 많은 곳은 불편하지 않을까요?"

"괜찮아. 선글라스랑 마스크 쓰고 돌아다니면 되지. 그리고 남들 시선 신경 쓸 이유가 뭐 있어. 우리는 연인이잖아."

건형이 힘 줘서 말했다.

그들은 연인이다.

연인 앞에 중요한 건 아무것도 없다.

서로가 서로를 생각하는 것.

오로지 그 하나만 중요할 뿐이었다.

"좋아요! 어디로 갈 건데요?"

"유럽으로 가려고."

유럽.

누구나 한 번쯤 배낭여행을 꿈꾸는 곳.

그러나 건형이 유럽을 선택한 건 다른 이유도 있었다.

체스터 브로만 그리고 르네상스를 만나 봐야 했다.

＊　　＊　　＊

두 사람은 하와이를 떠날 준비를 하기 시작했다.

물론 준비라고 할 것도 없었다.

몸만 떠나면 되는 상황이었다.

건형은 하와이 본 섬에 연락을 취했다.

얼마 되지 않아 커다란 보트가 섬 근처에 섰고 자그마한
보트가 연안에 닿았다.

"미스터 장! 잘 쉬셨습니까?"

"예. 그렉 덕분이었습니다."

건형은 재미교포 2세 제임스 장으로 위장한 상태였다.

지현도 조심스럽게 모습을 드러냈다.

"미스 정도 편히 쉬셨습니까?"

마찬가지로 재미교포 2세로 위장한 지현이 부드럽게 미

소를 지어 보였다.

"예. 정말 달콤했어요. 잊지 못할 경험이었던 거 같아요."

"그보다 이렇게 연락을 주신 건 어쩐 이유에서입니까?"

"이제 슬슬 떠나야 할 거 같아서요. 그동안 이래저래 잘
도와주셔서 감사했습니다."

"저야 돈을 받은 만큼 마땅히 해야 할 일을 한 거 뿐입니
다. 다음번에 또 놀러 오신다면 얼마든지 편의를 봐드릴 겁
니다."

그렉이 잇몸을 드러내며 환하게 웃어 보였다.

이후 두 사람은 며칠 머무르긴 했지만 꽤 정들었던 하와
이를 떠났다.

로스앤젤레스로 비행기를 타고 이동한 두 사람은 다시
한 번 런던으로 떠나는 직항기를 타고 움직이기 시작했다.

비행기 두 번 모두 퍼스트 클래스를 탔기에 불편한 점은
없었다.

런던으로 갈 때 건형은 지혁과 한 번 통화를 나눴다.

지혁은 단단히 볼멘 목소리였다.

[너 때문에 나만 큰일 났다.]

"무슨 일 있어요?"

[인마. 그걸 말이라고 하냐? 정 회장님이 너 어디 갔냐고

찾아달라고 사정을 하잖아. 나도 모른다고 했지만 양심에 찔려서 견딜 수 있어야지.]

"미안해요. 형도 무슨 일 있었는지 알잖아요. 그리고 BP하고는 사업 잘 진행되고 있을 텐데 무슨 문제가 있나요?"

[사업 문제가 아니야. 정 팀장 때문인 거 같아.]

"정 팀장? 정지수 씨? 지수 씨가 왜요?"

옆에서 귀를 쫑긋한 채 듣던 지현도 눈을 휘둥그레 떴다.

갑작스럽게 정지수 이야기가 나왔기 때문이다.

지현도 내심 그녀를 경계하고 있었다.

예전에 건형한테 엉겨 붙던 혜미보다 정지수가 조금 더 위험해 보이는 게 사실이었다.

집안도 **빵빵**하고 외모도 예쁘고 몸매도 좋고 거기에 능력까지.

웬만한 남자들이라면 한눈에 혹할 만한 여자였으니까.

긴장이 흐르는 가운데 지혁이 한숨을 내쉬며 대답했다.

[정 팀장이 기획실장님이 무단으로 이렇게 회사를 오래 비우는 게 말이 되냐고 정용후 회장한테 단단히 따졌나 봐. 그래서 정 회장은 너를 빨리 부르겠다고 다짐했고 그 불똥이 나한테 튀긴 거지. 그보다 너 도대체 어디를 가는 거야? 지금 거기 어디야?]

"여기 로스앤젤레스요."

[뭐? LA? 거긴 또 왜 간 거야? 하와이에서 좀 쉬다가 돌아오는 거 아니었어?]

"미안한데 형이 조금만 더 고생해 줘야 할 거 같아요. 런던에 갔다 와야 할 거 같거든요."

[런던? 왜? 르네상스 때문에?]

"네. 르네상스하고 다시 한 번 면담을 해 봐야 할 거 같아서요. BP하고 합의점을 찾은 이상 르네상스하고도 합의점을 찾을 필요가 있을 거 같아요. 이미 일루미나티는 나하고 대놓고 척을 졌으니까 얄짤 없죠."

[여태 아무 말 없는 거 보면 걔네들이 아예 일을 저지르지 않았거나 또는 누가 철없이 사고를 터트려서 뒷수습하느라 바쁘다는 거겠지. 전자이면 상황이 되게 애매해질 테고 후자면 지금 선택이 올바른 결정이 되겠지.]

"일루미나티가 확실해요."

[확신할 수 있겠어?]

지혁이 수화기 너머로 건형에게 물었다.

건형이 대답했다.

"네. 확실해요."

이후 두 사람은 별 탈 없이 런던에 무사히 도착할 수 있었다.

하와이나 로스앤젤레스나 둘 다 미국령인데도 불구하고 일루미나티는 별다른 간섭을 하지 않았다.

그렇다 보니 그게 조금 의심쩍긴 했다.

진짜 지현을 납치한 게 제3의 세력은 아닌가 하는 의혹도 들었다.

지혁이 그곳에서 무언가 캐냈다면 모르겠지만 그것도 아니었다.

조금 더 고민을 둘 여지는 필요했다.

호텔로 향하는 택시 안에서 지현이 건형을 보며 물었다.

"오빠, 무슨 생각을 그렇게 해요?"

"아, 그때 그놈들. 어디서 보낸 건지 아직 확신이 서질 않아서."

"천천히 생각해요. 괜히 엉뚱한데 골랐다가 만약 그게 아니라면 오해가 생길 게 분명해요."

"그래, 알았어."

"그런데 우리 호텔 잡고 어디로 갈 거예요?"

"알버트 폴슨한테 가 보려고."

알버트 폴슨은 알버트 헤지펀드의 대표이사다.

그리고 그는 르네상스의 일원이기도 하다.

르네상스를 만나기 전 알버트 폴슨을 만나서 도움을 부탁할 생각이었다.

그도 건형이 르네상스에 협조하려 한다는 걸 알게 된다면 반색할 게 분명했다.

빅밴 맞은편에 자리 잡고 있는 런던 메리어트 호텔 카운티 홀에 택시가 도착했다.

두 사람은 단출한 차림 그대로 호텔 안으로 발걸음을 옮겼다.

빅밴이 보이는 슈페리어룸으로 투숙을 정한 다음 건형은 곧장 알버트 폴슨에게 연락을 취했다.

지현이 뒹굴뒹굴거리며 침대에서 쉬는 사이 알버트 폴슨이 전화를 받았다.

[아니, 미스터 강! 도대체 어떻게 된 건가? 갑자기 자네가 잠적했다고 체스터가 얼마나 성화를 냈는지 아나?]

"죄송합니다. 그럴 만한 사정이 있었습니다. 지금 어디에 계십니까?"

[어디긴. 런던에 있지. 체스터 그 녀석은 최근 서울에 새로 세운 지부의 지부장하고 연락을 주고받느라 정신도 없다네. 일단 어디에 머무르고 있나? 체스터가 이 소식을 들

으면 정말 기뻐할 걸세.]

"브로만 회장님도 알버트 폴슨이 르네상스의 일원인 것을 알고 있습니까?"

[여부가 있겠나? 그 역시 르네상스의 일원이라네. 그는 학자라기보다는 후원자로 참여하고 있는 것이긴 하지만 말이야.]

"그럼 문제가 없겠군요. 알겠습니다. 저는 지금 런던에 머무르고 있습니다. 아니, 방금 전 막 도착했습니다. 그 전까지는 하와이에 있었죠."

[아하, 그렇게 된 거였군. 알겠네. 어디에 머무르고 있나? 내가 그리로 가지.]

곰곰이 고민하던 건형이 대답했다.

"지금 메리어트 호텔에 있습니다."

[메리어트 런던 카운티 홀 말인가?]

"예."

[알겠네. 잠시만 기다리게. 곧 가지.]

건형은 전화를 끊었다.

알버트 헤지펀드로 가려 했었다.

그런데 그가 직접 오기로 했으니 귀찮은 것을 덜 수 있게 된 셈이다.

"어떻게 됐어요?"

"응. 곧장 온다는데? 체스터 브로만 회장도 같이 올 모양인가 봐."

자신이 아는 알버트 폴슨이라면 생색을 가득 내며 체스터 브로만 회장을 적당히 약 올렸다가 함께 여기로 찾아올 게 분명했다.

아마 이 추측은 정확히 맞아떨어질 터였다.

그리고 잠시 뒤, 호텔 앞이 시끄러워졌다.

묵직한 느낌을 주는 고급 리무진이 호텔 앞에 도착해서였다.

그 값만 해도 수억을 호가하는 롤스로이스 팬텀이었다.

건형과 지현이 호텔 라운지로 내려왔다.

라운지에서는 두 사람이 그들을 기다리고 있었다.

건형이 가까이 오자 체스터 브로만이 성큼성큼 다가왔다.

"오랜만이군. 그 날 태원에서 만난 이후로 갑자기 온데간데없이 사라졌더군. 무슨 일이라도 있던 겐가?"

"아, 그럴 만한 사정이 있었습니다."

"음……, 덕분에 사업에 차질이 빚어지게 생겼더군. 휴, 내가 자네를 얼마나 보고 싶었는지 아나? 태원에서도 자네를 엄청 찾던데. 안 돌아갈 생각인가?"

"그럴 리가요. 곧 돌아갈 생각입니다."

중간에서 지켜보던 알버트 폴슨이 두 사람 사이를 중재했다.

"그래. 그럴 수밖에. 잘했네. 옆에 계신 분이 자네 연인인 모양이군. 처음 뵙겠습니다. 알버트 폴슨이라고 합니다. 알버트 헤지펀드의 대표이사이기도 하고요."

"아, 이지현이라고 해요."

"미스 리군요."

알버트 폴슨이 환하게 미소를 지어 보였다.

어색해하던 체스터 브로만도 지현과 인사를 나눈 뒤 그들은 사람들의 눈을 피해 자리를 옮겼다.

"그런데 런던은 어쩐 일로 온 건가?"

"르네상스를 다시 한 번 더 만나고 싶어서입니다."

"르네상스를? 지난번에 한 번 만나지 않았던가?"

"그건 그렇습니다. 그래도 확실히 해 둬야 할 게 생겼습니다. 괜찮으시겠습니까?"

"뭐 나는 상관없지. 혹시…… 프로페서 스티븐을 만나고 싶은 거군."

"그것도 있습니다. 그리고 서머싯 공작 각하도 만나 뵙고 싶고요."

"좋네. 그러면 지금 바로 가지."

알버트 폴슨이 흔쾌히 고개를 끄덕였다.

그들은 롤스로이스 팬텀에 올라타고 버킹엄 궁전을 향해
움직였다.

팬텀 안에서 체스터 브로만이 건형을 쳐다보며 물었다.

"미스터 팍. 나는 자네를 믿고 기꺼이 투자를 결심했네.
덕분에 우리 그룹의 주가는 계속 하한 곡선을 그리고 있지.
알고 있나?"

"짐작했습니다."

태원 그룹 입장에서야 이득이 되는 제안이었지 BP 입장
에서는 썩 이득이 될 만한 제안이 아니다.

그도 그럴 게 새로운 에너지를 개발한다는 건 그렇게 쉬
운 일이 아니다.

수소에너지, 전기에너지, 태양광에너지 등 각양각색의
에너지 자원들이 연구되곤 했지만 실효를 거둔 건 많지 않
았다.

물론 정말 많은 돈을 들여서 성공한 경우도 있다.

실제로 태양광에너지, 수소에너지, 전기에너지 모두 어
느 정도는 쓰이고 있다.

문제는 실생활에서 사용하기가 어렵다는 점이다.

그만큼 아직 상용화가 제대로 이루어지지 않았기 때문이다.

어쨌든 기업은 수익을 거두기 위해서 연구, 개발을 하고 아이템을 만들어 내는데 석유에너지를 제외한 다른 에너지들은 이런 점에서 볼 때 그 수익성이 좋다고 할 수 없었다.

오히려 나쁜 편에 속했다.

그렇다 보니 기업들도 선뜻 나서는 걸 주저할 수밖에 없었다.

제조업 회사들도 그런 판국에 석유 회사 중에서 세 손가락 안에 들어가는 BP가 기존에 자신들을 키워 낸 석유에너지를 저버리고 새로운 천연 에너지 자원을 개발해 내겠다고 공언한 것이다.

이건 무조건 채식으로만 식사를 하는 비건(Vegan)이 갑자기 마음을 바꿔서 앞으로는 육식을 하겠다고 주장하는 꼴이나 다름없다.

다른 사람들 눈에 BP는 그렇게 비춰 보이고 있었다.

그래서일까.

체스터 브로만 회장도 최근 들어 여러모로 주주들한테 신임을 잃고 있는 상황이었다.

아직까지 그의 지지도는 꽤 굳건한 편이지만 만약 태원그룹과 합작해서 만든다는 천연 에너지 사업에 문제가 생긴다면?

그 즉시 그의 경영권을 박탈당하게 될 수도 있었다.

그렇다 보니 체스터 브로만도 계속해서 이번 사업에 대해 여러모로 신경을 쓸 수밖에 없는 입장이었다.

"걱정하지 않으셔도 됩니다. 브로만 회장님. 이번 에너지는 무조건 성공할 테니까요."

"휴, 그래. 자네를 믿겠네. 애초에 자네를 믿고 투자를 결정한 사업이었으니까. 그런데 알버트 말대로 르네상스로 가는 이유가 프로페서 스티븐 때문인가?"

스티븐 윌리엄스.

알버트 아인슈타인과 비견되는 천재 과학자.

이미 노벨 물리학상을 수상한 그는 현존하는 최고의 과학자로 평가받고 있으며 다양한 에너지를 연구, 개발하고 있었다.

그렇지만 그는 기업들의 배를 불리는 걸 극도로 싫어하는 사람으로 그것을 이유로 들어 건형의 제안을 한차례 거절한 적이 있었다.

그런데 이번에는 BP하고 합동 연구를 하기로 계약을 맺어 버린 상황.

평소 스티븐 윌리엄스와 사이가 썩 좋지 않은 체스터 브로만이나 알버트 폴슨으로서는 건형이 그를 설득할 수 있을지 그 점이 우려되는 게 사실이었다.

'웬만해서는 설득하기 어려울 거야.'

'그 양반이 어떤 양반인데…….'

그때 두 사람의 표정을 읽은 건형이 입가에 미소를 그리며 대답했다.

"걱정하지 않으셔도 될 겁니다."

그의 목소리는 대단히 자신감에 차 있었다.

*　　*　　*

건형은 곧장 스티븐 윌리엄스를 만날 수 있었다.

오랜만에 보는 스티븐 윌리엄스는 여전했다.

최근 들어 그는 수소에너지를 연구 중이라고 했는데 어느 정도 성과를 보이고 있다고 했다.

수소에너지 같은 경우 궁극의 연료로 현재 지목되고 있는 에너지 자원이었다.

일단 수소의 원료로 쓰이는 물이 풍부한 데다가 연소하

더라도 연기를 뿜지 않기 때문에 환경오염에 문제가 없기 때문이었다.

즉 대체에너지로 무공해 청정 에너지를 중시 중인 현 세태에서 수소에너지는 최고의 에너지 자원이 될 가능성이 농후했다.

특히 스티븐 윌리엄스 같은 경우 획기적인 방법을 연구하려고 하고 있었다.

수소는 공기 중의 산소와 결합할 때 1그램당 약 3만 칼로리에 가까운 열을 방출하며, 수소의 자연발화온도는 585도로 메탄이나 프로판보다 높다.

게다가 수소에너지가 갖는 장점 중 하나는 전기에너지와 다르게 대량 저장이 용이하다는 점이었다.

수소에너지는 물을 전기분해해서 제조하면 된다는 점에서 그 제조 방법이 대단히 간단하지만 경제성이 낮아서 관련 제조 기술 연구가 한창 진행 중이었다.

즉 경제성과 안전성을 고려한 다양한 연구 방법이 고려되고 있었다.

스티븐 윌리엄스 같은 경우 이쪽 분야의 거장으로 대부분의 에너지 업체에서 그를 노리는 데에는 다 그럴 만한 이유가 있었다.

"미스터 팍. 오랜만이군. 런던에는 어쩐 일로 왔는가?"

스티븐 윌리엄스가 그를 보며 반색했다.

그 역시 건형에 대해서는 익히 이야기를 들었다.

또한 그가 대단히 촉망받는 젊은 학자라는 것도 전해 들어 알고 있었다.

그렇다 보니 스티븐 윌리엄스 역시 건형에게 이래저래 호의를 드러내고 있었다.

그러나 그에게 차세대 에너지 개발에 관련해서 이야기를 꺼냈다가는 좋지 않은 이야기를 들을 게 분명했다.

그는 애초에 기업가의 배를 배부르게 하는 걸 꺼려 하는 사람이었다.

"박사님을 만나 뵈러 왔습니다."

"나를? 흠, 지난번 일로 왔다면 내 대답은……."

"그 전에 보여드릴 게 있습니다."

"그게 무엇인가?"

스티븐 윌리엄스가 건형을 바라봤다.

이렇게 완강하게 나오는데도 불구하고 저렇게 나오고 있으니 궁금했다.

"음, 조용한 곳이 어디 없을까요?"

"내 연구실로 가지. 여왕 폐하께서 지하에 간단하게 연구실을 하나 마련해 주셨다네."

"예, 좋습니다. 함께 가시죠."

멀뚱멀뚱 쳐다보던 체스터 브로만과 알버트 폴슨이 서로를 바라봤다.

알버트 폴슨이 건형을 잡아채며 물었다.

"우리도 함께 가도 되겠나?"

"음, 그러셔도 됩니다."

그들 역시 르네상스의 일원이다.

모를 리는 없을 것이다.

다만 그것을 실체로 보지 못했을 뿐이다.

한편 건형이 스티븐 윌리엄스를 만나는 사이 태원 그룹의 전략 기획실은 스산하기 이를 데 없었다.

신임 전략 기획실장이던 건형이 종적을 감췄고 그것 때문에 분위기가 축 가라앉아 있었다.

그래서일까.

이후 분위기를 잡아 줘야 할 다른 팀장들도 여러모로 허둥지둥하고 있었다.

"정 팀장님, 박 실장님은 언제쯤 온답니까?"

"제가 그것을 어떻게 알아요!"

"회장님께서 이야기해 주신 건 따로 없었습니까?"

"예, 없었습니다. 그냥 알아보고 연락을 주신다고 하더군요."

정지수의 목소리에서는 얼음이 풀풀 휘날리고 있었다.

건형이 있을 때에만 해도 그녀의 분위기는 화사했다.

그런데 건형이 없어지자 그녀의 분위기도 확 뒤바뀐 것이다.

결국 본전도 건지지 못한 채 기획홍보팀장은 후다닥 자리를 벗어날 수밖에 없었다.

정지수는 자리에 앉아 한숨을 길게 내쉬었다.

도대체 그가 어디로 가서 여태 연락도 없는 것인지 걱정이 됐다.

'분명 지현 씨 때문일 거야.'

플뢰르 같은 경우 사흘 정도 앞당겨서 그룹 활동을 일찍 마무리 지었고, 솔로 앨범을 낼 예정이라던 지현도 그 기한을 영구적으로 뒤로 미뤄 뒀다.

그 때문에 레브 엔터테인먼트도 한때 홍역을 치른 모양이었다.

지현이 어디 간 것인지 물어보는 전화도 쉴 새 없이 밀려들고 있다고 전해 들은 적이 있었다.

'두 사람이 남들 몰래 어디로 간 거겠지.'

괜히 가슴 한편이 아려 왔다.

가슴이 답답해지는 거 같았다.

"술이라도 마실까."

지수는 혼잣말로 중얼거렸다.

아무래도 오늘 역시 바에 가서 술이라도 진탕 마셔야 할 것 같았다.

다섯 사람은 버킹엄 궁전 지하에 있는 연구소로 내려왔다.

연구소에는 각양각색의 설비들이 갖춰져 있었다.

영국의 여왕이 스티븐 윌리엄스를 위해서만 특별히 마련해 둔 연구소였다.

건형은 그들이 보는 앞에서 스스로 에너지를 만들어 내 보였다.

전기 에너지였다.

파지직거리며 스파크가 튀었다.

스티븐 윌리엄스가 입을 쩍 벌렸다.

"자, 자네…… 어, 어떻게 그게 가능한가?"

물론 인간은 초소형 발전기와 같다.

그렇지만 이렇게 전기를 만들어 낸다는 건 듣도 보도 못한 일이다.

연구 소재로는 최상급이다.

건형이 입을 열었다.

"알고 싶으십니까? 그럼 저를 도와주시죠."

"크흠, 나는 기업가의 배를 불리는 짓은 하고 싶지 않다네."

그 말에 체스터 브로만과 알버트 폴슨이 얼굴을 붉혔다.

두 사람도 어떻게 보면 기업가다.

스티븐 윌리엄스는 어떻게 보면 두 사람을 비난한 것이나 다름없는 셈이다.

"저도 마찬가지입니다."

"응? 자네가 천연 에너지를 연구하는 건 기업의 영달을 위해서 그랬던 게 아니었나?"

"반드시 그거 때문은 아닙니다. 보다 더 많은 사람들에게 혜택이 돌아가게 하기 위해서입니다. 어쨌든 궁극적으로는 보다 더 많은 사람들에게 혜택을 주고자 하는 게 제 목표이니까요."

"흠……."

"그리고 브로만 회장님께서도 제 뜻을 잘 이해해 주실

겁니다."

"응? 그게 무슨 말인가?"

스티븐 윌리엄스가 탐탁지 않은 표정으로 체스터 브로만을 쳐다봤다.

기업가들과 척을 지고 있는 스티븐 윌리엄스로서는 체스터 브로만을 그렇게 좋게 평가하지 않고 있었다.

게다가 BP 같은 경우 석유 회사다.

청정에너지를 추구하는 스티븐 윌리엄스하고는 정반대의 성향을 가진 곳이라고 할 수 있었다.

"이번에 BP하고도 함께 계약을 맺기로 했습니다. BP와 공동 연구를 하기로 했죠. BP 역시 제 의견을 존중해 주기로 했습니다."

"응? BP에서 천연 에너지 사업을 연구한다고? 수익성은 쥐뿔도 없다면서 단칼에 거절했던 그 사업을?"

"예. 그렇죠? 브로만 회장님?"

"아, 어. 음, 그러네."

"윌리엄스 교수님께서 협조해 주신다면 천연 에너지 사업을 연구하는 데 더 많은 시간을 단축시킬 수 있을 테고 그러면 석유에너지 사용량도 자연스럽게 줄어들 것이라고 봅니다. 그렇게 되면 청정환경을 되살리는 데에도 도움이 될 테고요. 어떻습니까?"

"그러나 결국 그 혜택을 가장 직접적으로 보는 건 회사
가 되지 않겠나."

여전히 스티븐 윌리엄스는 부정적인 견해를 드러내고 있
었다.

그래서일까.

건형도 속으로 조금 답답했다.

자신이 나서도 된다.

그러나 여기에만 매달리기엔 시간이 부족하다.

일루미나티 일도 해결해야 하고 장형철과 강해찬.

두 사람에 관한 일도 해결해야 한다.

그리고 지현을 납치하려 했던 놈들의 배후도 찾아내야
한다.

이래저래 해야 할 일들이 많다.

여기 하나에만 매달려 있을 시간이 없다는 셈이다.

"브로만 회장이 내 제안을 받아들인다면 고려해 보도록
하지."

깐깐하던 스티븐 윌리엄스 말에 체스터 브로만 회장이
눈을 휘둥그레 떴다.

에너지 관련 분야의 거장 스티븐 윌리엄스를 연구소장으

로 임명할 수만 있다면?

BP의 주식도 수직 상승할 게 분명했다.

태원 그룹과의 합작으로 인해 주가가 떨어지고 있는 지금 스티븐 윌리엄스를 영입할 수만 있다면?

흔들리고 있는 자신의 지지도를 굳건히 할 수 있는 계기가 될 게 분명했다.

체스터 브로만이 스티븐 윌리엄스를 쳐다보며 물었다.

"필요로 하시는 게 뭡니까?"

"순수익의 1할을 제3 세계에 환원해 주게. 그러면 자네 제안을 고려해 보도록 하지."

"……음."

순수익의 1할이다.

만만치 않은 액수다.

게다가 이 천연 에너지가 체스터 브로만 회장이 생각하는 것만큼 대박을 내준다면 순수익의 1할은 몇천억에서 몇십조, 그 이상이 될 수도 있다.

이사회에서는 이 일을 가지고 문제를 삼을 수도 있다.

그렇지만 스티븐 윌리엄스의 가치는 그 이상이다.

체스터 브로만이 고개를 끄덕였다.

"좋습니다. 윌리엄스 교수님 뜻대로 하겠습니다."

"그렇게 무턱대고 결정해도 되겠나?"

"교수님께서 도와주신다는데 당연하죠. 저는 적극 수용 토록 하겠습니다."

결국 의견 조율이 됐다.

건형 입장에서는 한시름을 놓은 셈이다.

스티븐 윌리엄스와는 있다가 이야기를 하기로 한 뒤 건형은 서머싯 공작을 만나기 위해 다시 올라왔다.

오늘 르네상스와의 관계에 대해서도 확실하게 정립을 해둘 생각이었다.

건형은 지현과 함께 응접실로 향했다.

알버트 폴슨이 건형을 보며 물었다.

"르네상스에서는 자네의 가치를 대단히 높게 평가하고 있네. 그것은 나뿐만 아니라 여기 있는 모든 사람들의 공통된 의견일세."

"감사합니다."

"서머싯 공작 각하와 이야기를 잘 나눠 보게. 서머싯 공작 각하께서도 자네를 마음에 들어 하던 눈치였네."

그리고 건형은 오랜만에 서머싯 공작을 마주할 수 있었다.

서머싯 공작은 환하게 미소를 지어 보이며 건형의 손을 마주 잡았다.

"오랜만이군. 미스터 팍. 그동안 잘 지냈나?"

"오랜만에 뵙는군요. 서머싯 공작 각하."

"옆에 있는 여성분은 누구신가?"

"아, 제 연인입니다. 이지현이라고 합니다."

지현이 다소곳하게 인사를 건넸다.

서머싯 공작이 눈을 휘둥그레 떴다.

눈부실 정도로 아름다운 미녀였다.

동서양을 떠나서 미녀는 어딜 가도 통하는 모양이었다.

"그래. 알버트한테 이야기는 들었네. 중대한 결정을 내렸다고?"

"음, 르네상스는 일루미나티와 관계가 어떻습니까?"

"일루미나티? 그들은 이 땅에 있어서는 안 될 해악한 존재들이지. 언젠가는 그들을 모두 없애 버릴 것이라고 다짐하고 있네. 정말 사악하기 이를 데 없는 작자들이야. 사람의 신체를 함부로 훼손해서 초인이라는 것들을 만들어 냈으니까 말이야."

"그들을 상대할 수 있는 방법은 있으신 겁니까?"

"허허. 그게 없었더라면 여태껏 우리가 살아남을 수 없었겠지. 당연히 방법은 있기 마련이지."

"그러면 혹시 이들에 대해 아십니까?"

그리고 건형은 차분히 그 날 일을 이야기했다.

지현을 납치하려 했던 목적 초인들.

그들의 정체를 혹시 서머싯 공작이면 알지 않을까 하는 생각에서였다.

곰곰이 이야기를 전해 듣던 서머싯 공작이 침음성을 흘렸다.

"일루미나티로군."

"확실합니까?"

전적으로 그의 말을 믿을 수는 없다.

그는 어찌 됐든 일루미나티와 척을 지고 있는 르네상스의 수장이니까.

잠시 생각을 정리하던 서머싯 공작이 입을 열었다.

"증거를 보여 주지. 나를 따라오게나."

그때 벽이 열리며 비밀통로가 모습을 드러냈다.

"가 보세."

건형이 고개를 끄덕였다.

일루미나티의 실체를 확인해 볼 수 있는 좋은 기회였다.

Chapter. 05

서머싯 공작은 건형과 지현을 데리고 천천히 발걸음을
옮겼다.

그를 따라 구불구불한 비밀 통로를 지나자 으리으리한
문짝이 모습을 드러냈다.

서머싯 공작은 그 옆에 놓인 생체 인식 장치에 손바닥을
대었다.

그 이후 안구를 대조하고 마지막으로 목소리까지 인식을
끝마쳤다.

철저한 보호 아래 지켜지는 곳인 듯했다.

"여기는 어디입니까?"

"이곳은 지식의 보고지. 르네상스가 오랜 시간 공들여 지켜 온 대도서관이기도 하고."

"……대단하군요."

박건형은 탄성을 냈다.

이곳에서 보관 중인 장서는 그렇게 많지 않았다.

하버드대학교에 있던 와이드너 도서관이나 미 의회 도서관이 여기보다 보관 중인 장서의 수는 더 많을 게 분명했다.

그러나 이 안에 보관되어 있는 장서는 하나같이 귀중한 것들이었다.

어디서도 볼 수 없는 진귀한 장서들이 철저하게 보관되고 있었다.

그래서일까.

따가운 햇빛과 다르게 이 안의 공기는 서늘하다 못해 차가울 정도였다.

"많이 춥지? 그럴 수밖에 없을 거야. 보관을 하려면 이렇게 해 둘 수밖에 없었거든. 이해하게."

박건형이 고개를 끄덕였다. 지현은 추운 듯 몸을 바르르 떨고 있었다.

"음, 레이디께서는 위에서 기다리시겠는가? 아무래도 이쪽이 꽤 추운 듯한데…… 염려가 되는군.”

건형이 지현을 쳐다봤다.

지현의 안색은 조금 새파래져 있었다.

확실히 이곳은 꽤 추웠다.

자신은 충분히 버틸 수 있지만 지현은 그렇지 않다.

건형이 고개를 끄덕여 보였다.

“알았어요. 위에서 기다리고 있을게요.”

“어차피 내 집무실에는 누구나 쉽게 들어오지 못하니까 걱정할 거 없을 거야. 이곳에 일루미나티가 침입할 수 있을 리도 없고.”

“알겠습니다.”

고개를 끄덕인 지현은 지식의 보고를 떠났다.

건형은 서머싯 공작과 함께 지식의 보고를 둘러보기 시작했다.

장서는 많지 않았다.

그때 서머싯 공작이 장서 하나를 꺼내 건형에게 건넸다.

“이 책을 읽어 보게. 그러면 해답이 나올 것이네.”

“이 책은 무엇입니까?”

“선대 르네상스의 일원들이 일루미나티를 상대하면서 파악해 둔 것이라네. 자네한테도 무척 도움이 될 걸세.”

그가 건넨 장서는 라틴어로 되어 있었다.

라틴어를 아는 사람은 많지 않다.

워낙 배우기 어려운 언어인 탓이다.

그러나 건형은 손쉽게 장서를 읽어 내려갈 수 있었다.

라틴어는 진즉에 공부해 둔 상태였다.

사실 그는 전 세계 수십, 수백 개의 언어를 전부 다 할 수 있었다.

그것은 건형에게 어렵지 않은 일이었다.

완전기억능력을 얻고 난 뒤 그는 다양한 외국어를 습득하는 걸 최우선으로 했었으니까.

그래서 토익 시험 교재를 읽어 본 것이기도 했다.

어쨌든 장서 안에 담긴 내용은 대단히 신비로웠다.

일루미나티.

그들의 정체는 거의 다 밝혀진 상태였다.

그도 그럴 것이 대부분의 음모론이나 그런 음모론을 다룬 소설들이 일루미나티, 프리메이슨 이런 단체를 배경으로 했기 때문이다.

그들의 창립 배경, 그들의 일원 등 이런 것들 중 일부는 책으로도 쓰여 있었다.

물론 그게 얼마나 확실한지는 아무도 모른다.

그렇기 때문에 음모론이기도 하다.

그러나 이 장서에 담긴 것은 일루미나티에 가담한 사람들의 명부였다.

정확히 이야기하면 그 가문의 명부.

세계 곳곳에 위치해 있는 대부호 가문들이 일루미나티의 일원이었다.

미국 삼대 부호로 일컬어지는 가문 세 곳 중 두 곳도 일루미나티의 일원이었다.

"대단하군요."

"놀라운 건 그게 전부가 아니야."

그 이후에는 그들이 보유 중인 재산 목록이 나열되어 있었다.

연방준비은행은 물론 각종 재산들이 그들의 소유였다.

사실상 미국이라는 나라는 일루미나티가 거의 다 지배하고 있는 것이나 다름없었다.

미국 대통령이 미국의 최고 권력자라고 하나 그것은 드러난 부분일 뿐이었다.

숨겨진 부분을 파헤쳐 본다면 미국의 실세는 일루미나티의 그랜드 마스터였다.

그리고 마음만 먹는다면 그는 미국이 보유 중인 핵폭탄

을 자신이 필요로 하는 곳에 쏘아 보낼 수도 있었다.

펜타곤 역시 일루미나티가 장악하고 있었기 때문이다.

사실상 미국의 주요 수뇌부는 일루미나티의 손아귀에 확실히 사로잡혀 있는 상태였다.

"이것을 알게 되니 더욱더 미국은 가고 싶은 생각이 들지 않는군요."

"그런가? 사실 나도 여태껏 미국이라는 나라의 땅을 밟아 본 적이 없다네. 그들이 볼 때 나는 목에 걸린 가시처럼 짜증 날 테니까."

"그러면 미국이 일루미나티의 것이라면 르네상스는 EU와 손을 잡고 있는 것입니까?"

"한 가지 오해해서는 안 되는 게 있다네. 우리나 일루미나티나 그 나라를 대표하는 것은 아니네. 만약 각자 그 나라를 대표하고 있다면 진즉에 세계 3차 대전이 벌어져도 이상하지 않은 일이었을 거야. 우리는 철저하게 그쪽은 배제하고 있네. 우리가 궁극적으로 원하는 건 이상향의 건설일세. 그것은 일치하는 바지."

"네? 르네상스와 일루미나티가 서로 일치하는 게 있었습니까?"

"그러네. 다만 수단과 결과가 다를 뿐이지."

서머싯 공작이 한 이야기는 이러했다.

르네상스나 일루미나티나 원하는 건 같다.

이상향의 건설.

그 이상향은?

바로 자신이 속한 집단이 지배하는 세계의 건설이다.

일루미나티나 르네상스나 같다.

그러나 다만 그 수단이 다를 뿐이다.

일루미나티는 그 수단으로 초인을 선택했다.

그들은 인위적으로 초인을 만들어 내고 있으며 그 초인
들로 하여금 자신들에게 방해되는 적을 제거하려고 하고
있다.

현재 일루미나티가 신경 쓰는 적은 크게 세 곳이다.

첫째는 르네상스다.

르네상스와 일루미나티는 오랜 시간 서로 부딪쳐 왔다.

특히 그 접전이 가장 심화됐던 건 유럽 전역이 전쟁에 휩
싸였을 시기다.

나폴레옹 전쟁 이후 이들은 유럽 주요 국가들로부터 공
채를 발행했으며 왕가와 귀족들의 자산을 관리했었다.

그를 통해 막대한 부를 축적했으며 유럽의 정치와 경제
의 실권을 거머쥐다시피 했다.

이후 로스차일드 가문은 철도 산업에 투자하거나 또는 전시 공채를 발행하면서 자신의 영향력을 더욱더 확장시켰다.

그러나 그 후 가문 사이에 의견이 갈렸고 일부 가문은 메이플라워호를 타고 청교도가 된 채 미국으로 건너갔으며 그들은 스스로 로스차일드의 이름을 버렸다.

반면에 남은 가문은 여전히 유럽에 남았지만 반유대주의가 확산되면서 풍비박산 나고 말았었다.

어쨌든 미국에 건너간 분가의 영향력은 여전히 굳건했고 그들은 특유의 상재를 이용해서 막대한 부를 벌어들였으며 일루미나티를 부활시키게 된다.

초창기 일루미나티는 유럽에 영향력을 두고 있던 로스차일드 가문이 예수회에 사상을 두고 있던 아담 바이스하우프트가 힘을 합쳐 만들어 낸 비밀 결사 조직이었다.

그러나 그 후 로스차일드 가문의 영향력이 급격히 쇠락했고 그러다가 이후 분가가 미국에서 새롭게 일루미나티를 창설한 것이었다.

그때 이들 일루미나티는 미국의 독립혁명과 프랑스 혁명에도 결정적인 영향을 미치게 되는데 특히 미국 독립혁명에 관여한 것은 유럽과 완전히 결별을 선언하기 위함이었다.

그와 함께 르네상스가 일루미나티에 미치고 있던 영향력

도 그때를 기점으로 완전히 사라지게 됐다.

그 전까지만 해도 두 조직은 서로 간에 접점을 가지고 있는 상태였다.

어쨌든 본질은 비슷했으니까.

그러나 일루미나티는 신세계 질서를 수립하고 세계정부를 수립함으로써 그들이 그 신세계 질서 아래 이룩한 세계정부의 수장이 되는 것을 목적으로 하고 있었다.

반면에 르네상스는 지식 계도와 계몽주의를 바탕으로 새로운 지상 왕국을 건국하는 것을 목적으로 하고 있었다.

일루미나티가 보다 급진적이었다면 르네상스는 조금 더 온건적인 입장이었던 셈이다.

그러나 둘 다 추구하는 목적은 어쨌든 같았다.

"어쨌든 두 집단의 뿌리는 같은 셈이군요."

"그렇지. 그러나 지금 우리 둘은 서로 다른 지향점을 향해 달려가고 있지. 마치 영원히 평행선을 달리는 두 개의 선이랄까. 그렇게 보는 게 더 편할 것이네."

"좋습니다. 그러면 그들을 일루미나티가 보낸 자들이라고 확정을 지어 이야기하시는 근거는 어떤 것입니까?"

"세 집단은 각자 자신만의 특성을 이용해서 저마다 전투 병기들을 만들어 냈다네. 인간에게 전투 병기라는 표현을

쓴다는 게 이상한 일이지만…… 그것만큼 적합한 표현도
없겠지."

"알려 주실 수 있습니까?"

"알려 주는 건 어려운 일이 아니지."

서머싯 공작이 이야기한 세 집단이 만들어 낸 전투병기
는 아래와 같았다.

우선 일루미나티.

그들이 만들어 낸 건 목적 초인, 달리 말하면 인조 초인
이다.

인간이 직접 만든 초인.

그러나 지금은 초기 과정이라고 했다.

약물 등을 투약해서 인간의 한계를 극복시키는 단계로,
그렇다 보니 신체 상태가 불균형하고 대단히 불안정하다고
들었다.

신체의 한계를 극복시키는 방법이다 보니 대부분 신체
쪽에서 그 변화가 일어나는 경우가 잦았다.

즉 속도가 무진장 빨라진다거나 혹은 힘이 엄청나게 강
해진다거나.

"우리는…… 특이한 방법을 사용했지. 혹시 해리 포터라
고 아나?"

해리 포터.

조앤 롤랑이 쓴 판타지 소설이다.

전 세계적으로 어마어마한 인기를 끌었다.

"그 해리 포터는 사실 조앤이 연구 결과를 재미 삼아서 적당히 풀어낸 소설이지. 하하."

"마법사를…… 만들어 낸 겁니까?"

"그렇지. 그렇다고 해서 이름을 불러서는 안 되는 그자처럼 강한 마법사는 아니야. 그냥 자신 한 몸 지킬 수 있을 정도의 마법사일 뿐이지."

하다 하다 이제는 마법사까지 등장한다.

그러면 마지막 로얄 클럽은?

그들이 기반으로 두고 있는 곳은 중동이다.

그리고 중동이라고 하면 유명한 것은…….

"어쌔신입니까?"

"좋군. 그들은 어쌔신을 만들어 냈지. 우리나 일루미나티에 비해 역사도 짧고 그만큼 힘을 키울 시간이 부족했지. 그래서 그들이 계획한 건 소수 정예 부대였네. 그게 바로 어쌔신이고."

"그렇게 보면 지현이를 납치해가려고 했던 건…… 초인뿐이군요."

마법사들이라면 그렇게 신체를 이용하지 않았을 것이다.

마법으로 어떻게든 지현을 납치했겠지.

어쌔신이라면?

그녀를 쥐도 새도 모르게 은밀하게 데려갔을 것이다.

일루미나티의 초인이 분명했다.

모든 상황이 그들을 가리키고 있었다.

'그렇지만 조금 더 따져볼 필요는 있겠지. 서머싯 공작을 완벽하게 믿을 수 있는 건 아니니까.'

사실 건형은 아직 서머싯 공작을 완전히 신뢰하지 않고 있었다.

그를 신뢰하기에는 이 세계에는 자신이 알지 못하는 게 너무나도 많았다.

완전기억능력을 얻게 된 이후 이 세계에 대해 통달할 수 있을 것이라고 여겼지만 아직도 먼 것 같았다.

'차라리 이 세계 모든 지식들을 다 빨아들일 수 있다면…….'

뇌 용량은 충분하다.

그는 모든 것을 기억할 수 있으니까.

그럴 때마다 갈증이 목을 타고 뇌 속까지 파고드는 것 같았다.

지금 그는 더 많은 지식을 탐내고 있었다.

그러려면 르네상스나 일루미나티, 혹은 로얄 클럽.

이들 중 한 곳과 손을 잡을 필요가 있었다.

문제는 어디와 손을 잡고 어디와 척을 지고 어디와 중립을 지키느냐 하는 문제다.

건형이 서머싯 공작을 바라보며 물었다.

"일루미나티는 로얄 클럽과 관계가 어떻습니까?"

"예전까지만 해도 좋지는 않았지만 그렇다고 나쁜 관계도 아니었어. 그러다가 얼마 전 일루미나티가 한 번 문제를 일으킨 적이 있었네. 그리고 그 일로 뒤퐁가의 가주가 로얄 클럽에 가담해 버렸지. 만약 그 일이 아니었으면 뒤퐁 가주는 어느 편도 가담하지 않고 중립을 지켰을 거야."

기억이 났다.

크리스토퍼 뒤퐁.

미국의 삼대 재벌 가문인 록펠러, 엘런, 뒤퐁 중 하나인 뒤퐁가의 가주.

그러나 뒤퐁가 같은 경우 크리스토퍼 뒤퐁의 삼촌 칼 뒤퐁이 이십 년 전 올림픽 은메달리스트를 살해한 혐의로 체포돼 3급 살인죄가 적용되어 징역형을 살다가 감옥에서 숨진 채 발견된 사건을 겪었었다.

그 당시 크리스토퍼 뒤퐁은 빌더버그 그룹의 수장인 아담 록펠러가 뒤에서 꾸민 일이라고 확신을 갖고 있었다.

"르네상스는 로얄 클럽과 관계가 어떻죠?"

"우리는 서로 데면데면한 사이라네. 애초에 접점이 딱히 없기도 하고. 그냥 남남이나 다름없지."

"그렇군요."

서머싯 공작 말이 사실이라면?

르네상스는 일루미나티와 적대 관계, 로얄 클럽과는 중립 관계인 셈이다.

일루미나티는 르네상스와 적대 관계, 로얄 클럽과도 적대 관계.

로얄 클럽은 일루미나티와 적대 관계, 르네상스와는 중립 관계다.

즉 지금은 일루미나티라는 하나의 적을 상대로 두 집단이 잠정적으로 경쟁자 역할을 하고 있는 셈이다.

솥이 균형을 맞춰서 서 있으려면 솥의 세 발이 그 균형을 잘 맞추고 있어야 한다.

그러나 지금 상황은 이 균형이 깨어지고 있는 걸 나타내고 있다.

건형이 서머싯 공작을 쳐다보며 입을 열려 할 때였다.

스마트폰이 울렸다.

"크흠, 이곳은 전파 방해가 되는 지역인데……."

전파 방파를 해 둔 곳이다.

그런데도 전화기가 울리고 있다.

건형이 발신인을 확인했다.

발신인 이름에 뜬 건 하나의 숫자였다.

0

박건형은 이 숫자를 뚫어지게 바라봤다.

그러다가 전화를 받았다.

"여보세요?"

[지식의 보고에 있나?]

나지막한 목소리.

건형이 이를 갈았다.

전화를 건 것은 그랜드 마스터였다.

*   *   *

건형의 기억력은 완벽하다.

어떤 식으로든 훼손이 불가능하다.

그리고 자신이 기억하는 게 맞다면 그는 그랜드 마스터가 분명했다.

예전에 아담 록펠러 덕분에 그의 목소리를 한 번 들은 적이 있다.

지식의 보고에 있냐는 질문에 건형이 대답했다.

"그렇다. 그게 궁금한 모양이군."

[오해가 생긴 모양이네. 잠깐 이야기를 나누고 싶군.]

"이번에도 대리인을 보낼 생각인가?"

서머싯 공작은 흥미로운 눈빛으로 건형을 바라봤다.

그가 누구와 대화를 나누는지는 모르겠지만 지식의 보고 안에 설치된 온갖 첨단 전파 방해 장치를 뚫고 연락을 걸어온 자다.

보통 존재는 아닐 것이다.

'설마 그랜드 마스터, 그자가?'

서머싯 공작이 의구심을 품을 무렵 그랜드 마스터가 대답했다.

[그럴 리가. 이번에는 직접 얼굴을 마주 보고 이야기를 나눴으면 싶군.]

"나와 단둘이 말인가?"

[그래. 하와이는 어떤가? 이왕이면 뉴욕으로 초대하고 싶은데 자네가 오려 하지 않을 거 같아서 말이야. 월스트리트에 막대한 돈을 묵혀 둔 자네가 월스트리트는 정작 오려 하지 않는다는 게 신기한 일이지만.]

월스트리트에 가도 상관없다.

이미 그는 대중적으로 많이 알려져 있다.

일루미나티라고 한들 쉽사리 건형을 공격할 수는 없을 것이다.

건형을 공격한다는 건 자신들의 정체를 대중들에게 공개한다는 의미다.

그들은 준비가 되지 않으면 움직이지 않는다.

그런 점에서 볼 때 지현을 납치하려 한 것도 조금 의심쩍은 일이었다.

건형이 이곳 런던까지 와서 르네상스를 만나 조금 더 확실하게 알아보려고 했던 것도 그런 이유에서였다.

그가 아는 일루미나티는 쉽사리 움직이지 않는 집단인데도 그렇게 했으니까.

거기서 의구심이 생길 수밖에 없는 것이다.

그랜드 마스터가 부드러운 목소리로 말했다.

[오해하지 말게. 나는 자네와 척을 지고 싶은 생각이 없

네. 그냥 하던 대로 자네는 균형을 잡아 주는 역할을 맡아 주면 충분해. 우리와 르네상스의 대립에 자네가 끼어드는 걸 보고 싶진 않거든.]

"그랬으면 애초에 지현을 건드리지 말았어야 했겠지."

[거듭 말하지만 오해가 있었다네. 아이젠하워, 기억하는가?]

아이젠하워가.

미국 독립 전쟁 당시 혁혁하게 활약했던 명문 가문이다.

그리고 그 가문의 수장은 지금 일루미나티에 몸을 담고 있다.

노벨 아이젠하워.

게다가 그는 헨리 잭슨 교수의 후원자이기도 했다.

헨리 잭슨 교수가 건형의 편에 합류하게 되면서 지금은 그게 무산되긴 했지만.

"기억하고 있지. 설마 기억을 못 할까."

[그래. 자네는 완전기억능력자이지. 하하. 어쨌든 그 녀석이 주제를 모르고 단독으로 벌인 일이었다네. 자네도 알고 있지만 노벨은 나이가 어린 탓에 아직 철이 없다네. 그리고 명예욕에 취해서 자신을 따르는 초인들을 시켜 일을 벌인 모양이더군.]

"그것을 어떻게 확신할 수 있지?"

[지금 아이젠하워 가문은 더 이상 일루미나티의 중추에 있지 않다네.]

원래 아이젠하워 가문은 일루미나티의 마스터 중 하나였다.

13인 위원회 구성원의 일원.

그런데 그 중추에서 밀려났다는 것은?

노벨 아이젠하워가 갖고 있는 모든 권력이 다른 사람에게 이동했다는 의미가 된다.

"새로 마스터가 된 건 누구지?"

[그것까지 알려 줄 필요는 없다고 생각하네만. 아닌가?]

"여하튼 내가 그 말을 어떻게 믿어야 하지?"

[그러면 우리와 전쟁이라도 벌일 생각인가? 르네상스하고 전면전을 벌이는 건 어렵지만…… 개인 한 명을 상대하는 건 우리한테 어려운 일이 아니야. 자네가 완전기억능력을 완전하게 개화했다고 해도 말이지.]

그랜드 마스터의 목소리에는 살기가 담겨 있었다.

그리고 건형은 지금 그가 하는 말이 진담이라는 것도 알 수 있었다.

선택이다.

르네상스와 힘을 합치든지 아니면 일루미나티와 다시 평행선을 그려 가는지.

양자 모두 장단점이 뚜렷하게 나뉘게 될 것이다.

르네상스와 협력한다면 보다 더 일루미나티를 견제할 수 있게 된다.

그러나 그 이후 일루미나티와 전면전을 벌일 것을 각오해야 한다.

가족들을 전부 다 데리고 런던으로 이민을 갈 수 있는 것도 아니다.

런던도 그들이 마음을 먹는다면 위험하기 마련일 테니까.

오히려 자신이 그런 선택을 하는 게 양쪽 집단의 전쟁의 도화선에 불을 붙이는 것이 될 수 있다.

일루미나티와 다시 평행선을 달리는 것은?

그 역시 문제가 있다.

언제 또 일루미나티가 약속을 깨고 움직일지 모른다.

이때 피해를 보는 건 세력이 없는 자신이다.

'결국 세력을 만들어야 한다는 건데…….'

그러나 건형에게는 막대한 부가 있을 뿐 세력을 구축할 힘은 없었다.

르네상스, 일루미나티, 로얄 클럽 이들 모두 오랜 시간

기반을 갈고 닦으며 성장해 왔다.

그러나 자신에게 그럴 시간은 주어지지 않을 것이다.

"하와이에서 보도록 하지."

그러고 보면 그랜드 마스터를 직접 만나는 건 이번이 처음이다.

일루미나티와 지속적으로 좋지 않은 관계를 맺어 왔음에도 불구하고 그랜드 마스터를 직접 본 적은 없다.

이번에 처음 그를 만날 수 있게 됐다.

'완전기억능력이 그한테 통할까?'

건형은 타인을 조종할 수 있는 힘을 가지고 있다.

그러나 그 능력이 그랜드 마스터에게 통할지는 의문이다.

그리고 그랜드 마스터 역시 그 사실을 알고 있을 것이다.

그런데도 불구하고 자신을 만나겠다는 것은 무언가 믿는다는 게 있다는 의미다.

그렇지 않고서야 그가 섣부르게 움직일 리는 없을 테니까.

통화가 끝났다.

서머싯 공작은 흥미로운 눈동자로 건형을 바라봤다.

첩보에 따르면 건형은 미국에는 일절 방문을 하지 않는다고 들었다.

월스트리트에서 막대한 부를 주식 거래를 통해 쌓은 그가 정작 미국에 가지는 않는다.

그 말은 그만큼 건형이 일루미나티를 부담스럽게 생각한다는 이야기다.

그런데 하와이에서 누군가를 만나기로 했다.

그것도 지식의 보고에 둘러싸여 있는 온갖 전파 방해 장치를 뚫고서 연락을 할 수 있는 인물에게 말이다.

'그랜드 마스터일 거야.'

서머싯 공작은 여기서 결정을 내릴 필요가 있다고 생각했다.

이대로 건형을 가지 못하게 막을지 아니면 그를 내버려둘지.

골치 아픈 상황이다.

가지 못하게 하는 건 가게 두는 것보다 더 어렵다.

그와 사이가 안 좋아진다면 이득을 보는 건 일루미나티다.

르네상스가 얻는 이득은 하나도 없다.

그렇다고 이대로 그랜드 마스터를 만나게 하는 것도 영 께름칙한 일이다.

어떻게 해야 할지 머리가 아파 왔다.

이럴 때 사실 가장 좋은 방법은 정공법이다.

정공법.

그냥 밀어붙이는 것이다.

서머싯 공작이 건형을 쳐다보며 물었다.

"그랜드 마스터인가?"

"예, 그렇습니다."

한 치의 망설임도 없이 대답하는 모습을 보며 서머싯 공작이 얼굴을 구겼다.

이미 건형이 결심을 내렸다는 걸 눈치챘기 때문이다.

"그를 만나러 갈 생각이군."

"예, 맞습니다."

"음, 다시 생각해 보게. 그는 뱀처럼 교활하고 간사한 자일세. 그의 세 치 혀에 속은 자들이 적지 않게 많다네. 그가 강대한 세력을 여태껏 유지할 수 있는 수단이기도 하고. 더군다나 하와이는 미국령 아닌가. 차라리 중립 지역에서 만나면 모를까 하와이까지 가서 그를 만나야 할 이유가 있다고 보는가?"

서머싯 공작의 질문은 타당했다.

하와이까지 가서 그랜드 마스터를 만난다는 건 범의 소굴에 들어가겠다는 것과 다름없는 이야기다.

그렇지만 지금으로서는 해야 하는 일이다.

그를 만나 확답을 들어야 한다.

전쟁이냐 평화냐.

그러나 건형은 그와 전쟁을 치를 생각이 애초에 없었다.

그가 목표로 하는 건 그렇게 거창한 게 아니다.

가족들과 행복하게 사는 것.

지현과 함께하는 것.

그것이면 충분하다.

물론 아버지의 부탁도 있었다.

그리고 아버지의 죽음에 얽힌 복수는 해야 했다.

그러나 그 이상 생각하는 건 없었다.

물론 일루미나티가 먼저 부딪친다면 건형 역시 부딪치겠지만 부딪치지 않는다면?

굳이 부딪칠 생각은 없었다.

반면에 서머싯 공작은 건형을 르네상스의 나이트로 세울 생각이었다.

르네상스에서는 마법사를 전문적으로 양성하고 있지만 대부분 체력이 약하고 근접 공격에 대단히 약한 편이다.

그렇다 보니 마법사 같은 경우 누군가 자신을 보호해 줄 수 있는 사람이 있을 경우 그 화력이 극대화될 수 있다.

그런 점에서 볼 때 건형은 르네상스가 원하는 최고의 인

재에 적합하다고 봐야 했다.

그가 앞에서 막아 줄 경우 르네상스의 마법사들은 엄청난 화력을 뿜어낼 수 있게 되니까.

"다녀와서 연락해 줄 수 있겠나?"

결국 결정을 내린 서머싯 공작이 건형을 바라보며 물었다.

건형은 망설임 없이 대답했다.

"그렇게 하겠습니다."

지식의 비고를 빠져나온 뒤 건형은 현아와 함께 런던 히드로 공항으로 향했다.

슬슬 귀국해야 할 시기였다.

히드로 공항으로 이동하며 건형은 지현에게 간략하게 이야기를 해 뒀었다. 물론 지혁에게 연락하는 것도 잊지 않았다.

지혁은 연신 건형 보고 빨리 귀국하라고 성화를 해 댔다.

건형이 귀국하겠지만 곧장 호놀룰루로 가야 한다고 이야기를 해 뒀다.

지혁은 건형이 미국령에 가겠다는 말에 의아함을 드러냈고 건형은 지혁에게 그랜드 마스터와 만나기로 했다고 사실을 밝혔었다.

그때 지혁은 건형을 우려했다.

괜히 적진 한복판으로 들어가는 게 아닌가 걱정한 것이다.

오히려 다른 누군가의 도움을 받는 게 낫지 않겠냐고 이야기해 왔을 정도였다.

그렇지만 이때 르네상스의 도움을 받았다가는 세계 3차 대전이 일어날 수도 있었다.

그냥 혼자 가는 게 나았다.

건형은 자신이 있었다.

자신의 능력이라면 누군가를 데리고 빠져나오는 건 어렵겠지만 자기 몸 하나 내빼는 건 어렵지 않을 것이라고 생각해서였다.

"귀국하면 정 사장님한테 이야기해 둬. 사정이 있어서 며칠 해외에 나가 있어야 했다고."

"우리 사장님, 단단히 화나셨을 거 같은데요? 저한테 엄청 뭐라고 하시는 거 아니에요?"

"그럴 수도 있겠지. 그래도 괜찮을 거야. 어차피 활동은 다 끝났었잖아. 우연히 상황이 잘 맞아떨어진 것 덕분에 가능한 일이긴 했지만."

"음…… 알았어요. 그런데 하와이는 무조건 가야 하는 거예요? 만약 그 사람이 함정을 파고 오빠를 기다리고 있는 것이라면요?"

건형이 고개를 저었다.

물론 그럴 수도 있다.

백 퍼센트 안심할 수는 없는 상황이다.

그래서 그는 일단 뒤퐁 가문의 가주에게 연락을 취해 둔 상황이었다.

뒤퐁가 가주는 건형이 그랜드 마스터를 만나려고 한다는 말에 불쾌한 감정을 대놓고 표현했지만 이후에 건형이 그랜드 마스터와 담판을 지은 다음 혹시 무슨 일이 생긴다면 도와 달라는 말에 흔쾌히 그러겠다고 대답했다.

건형에게 빚을 지어 둔다는 것은 그에게도 여러모로 좋은 일이었기 때문이다.

언제 그 빚을 가지고 협상을 들어갈 수도 있는 것이고.

그리고 건형은 지현과 함께 한국에 도착한 뒤 출국장에서 곧장 호놀룰루로 건너가기 위해 직항기를 타고 이동했다.

여기서 하와이까지 걸리는 시간은 여덟 시간 정도.

그랜드 마스터.

그를 만나기까지 이제 얼마 남지 않은 상태였다.

*　　　*　　　*

건형은 호놀룰루 공항에 도착한 다음 기지개를 켰다.

퍼스트 클래스에 타고 왔지만 여전히 피곤함이 남아 있었다.

런던에서 서울, 서울에서 하와이.

스무 시간 넘게 비행기 안에 있었다.

좀이 쑤실 수밖에 없었다.

하와이 국제공항에서 내린 뒤 건형은 곧장 택시를 잡아 탔다.

"어디로 가십니까? 손님."

"쉐라톤 와이키키 호텔로 가 주십시오."

만나기로 한 시간은 대략 한 시간 정도 남아 있었다.

두 사람이 만나기로 한 곳은 쉐라톤 와이키키 호텔.

이미 쉐라톤 와이키키 호텔과 그 주변 지형은 머릿속에 전부 다 담겨 있었다.

비행기 안에서 하와이의 지형을 하나도 빠짐없이 숙지해 뒀기 때문이다.

잠시 뒤 쉐라톤 와이키키 호텔에 도착했다.

와이키키 해변에 위치해 있는 30층 높이의 특급 리조트.

객실 대부분이 해변가로 향해 있기 때문에 전망이 우수한 게 특징이다.

건형이 도착하자 사람들의 시선이 그에게 집중됐다.

큰 키에 훤칠한 외모.

그런데 남자 혼자 택시를 타고 호텔에 왔다.

하와이는 보통 연인끼리 주로 온다.

또는 신혼여행으로 왔다거나.

이렇게 남자 혼자 오는 경우는 흔치 않다.

건형이 발걸음을 옮기자 몇몇 여자들이 그에게 눈빛을 보냈다.

여자들끼리 함께 휴양을 즐기려고 온 듯하다.

건형은 그녀들을 뒤로한 채 쉐라톤 호텔로 향했다.

호텔 지배인이 그를 반갑게 맞으며 물었다.

"어서 오십시오, 손님. 예약은 되어 있으십니까?"

"예. 제로입니다."

그랜드 마스터와 연락을 했을 때 건형은 그와 이야기를 나눴다.

그는 쉐라톤 와이키키 호텔에서 숫자 0을 이야기하라고 했다.

그러면 객실을 내어 줄 것이라고 했다.

그곳에서 만나기로 약속을 했다.

만나는 건 단둘.

그 외 사람들은 동행하지 않는 게 원칙이었다.

그 말에 지배인이 눈을 휘둥그레 떴다.

잠시 눈치를 살피던 지배인이 고개를 끄덕이며 말했다.

"예, 여기 있습니다. 프레지덴셜 스위트 룸입니다."

카드키를 받은 뒤 건형은 엘리베이터로 향했다.

지배인이 고개를 까닥이며 그에게 직원을 한 명 붙였다.

"제가 모시겠습니다."

건형은 가타부타 말없이 엘리베이터 앞에 멈춰 섰다.

잠시 뒤, 엘리베이터 문이 열렸다.

프레지덴셜 스위트 룸은 30층, 최상층에 위치해 있는 최고급 객실이었다.

벨보이가 떠나고 건형은 스위트 룸에 앉은 채 그랜드 마스터가 오길 기다렸다.

머릿속은 여전히 복잡했다.

그랜드 마스터는 어떤 사람일지, 그리고 그를 만나서 무슨 이야기를 나눠야 할지 머릿속이 잔뜩 헝클어진 상태였다.

그때였다.

문이 열렸다.

건형은 침을 삼켰다.

긴장이 될 수밖에 없었다.

그리고 건형이 앉아 있는 곳에 한 사내가 모습을 드러냈다.

이 날씨에 그는 롱코트를 걸치고 있었다.

얼굴 역시 비슷했다.

까만색 가면으로 얼굴을 잔뜩 가리고 있었다.

보이는 건 눈동자뿐이었다.

새빨갛게 물들어 있는 눈동자.

서클 렌즈를 낀 것처럼 생각될 정도로 눈동자는 피를 머금고 있었다.

건형은 직감할 수 있었다.

이자가 그랜드 마스터가 분명했다.

아담 록펠러를 만났을 때도 그의 기세에 놀랐지만 이자는 그를 훨씬 더 뛰어넘는 무언가가 있었다.

압도적인 기세.

그런 게 있었다.

"당신이 그랜드 마스터겠군."

"반갑군. 박건형."

그가 스르륵 움직였다.

그러자 마치 유령이 미끌어지듯 그랜드 마스터의 몸 전체가 이동했다.

공간을 잘라서 떼어다 붙인 것 같은 그런 느낌이었다.

그랜드 마스터가 자리를 잡고 앉았다.

건형도 그 맞은편에 다시 앉았다.

두 사람 사이에서는 묘한 기류가 이글이글거리며 오고 가고 있었다.

십여 분 정도 두 사람은 말이 없었다.

서로가 서로를 응시한 채 가만히 앉아 있었다.

건형은 그랜드 마스터를 보며 입이 바짝 말라 가는 걸 느꼈다.

갈증이 났다.

사방이 메마르는 것 같았다.

그랜드 마스터 역시 놀란 얼굴로 건형을 바라봤다.

루시아 베네딕트가 자신이 내린 숙제를 실패했을 때 직감했지만 정말 놀라운 사내였다.

그가 어떻게 완전기억능력을 얻게 되었는지는 알고 있지만 정말 놀라웠다. 무엇보다 그 완전기억능력을 자신의 것으로 만들었다는 게 신기했다.

"완전기억능력을 확실히 자신의 것으로 만들었나 보군."

먼저 입을 연 건 그랜드 마스터였다.

메마른 그의 목소리가 고목나무를 긁듯 울렸다.

건형이 대답했다.

"운 좋게 어떤 사람 덕분에 가능할 수 있었지."

우연찮은 기회가 아니었으면 어려웠을 것이다.

그래도 그는 완전기억능력을 제대로 각성하는 데 성공했다. 그리고 그 덕분에 루시아의 기습에서 살아남을 수 있었다.

"피차 시간도 없을 텐데 본론으로 들어가지. 나, 그리고 일루미나티와 대적할 생각인가?"

건형은 그랜드 마스터를 바라봤다.

새빨간 눈동자.

무척 신경 쓰이는 눈동자다.

"그럴 생각은 없지만 이번 일을 보면…… 어떻게 해야 할지 의문이 생기더군."

"그 일은 사과하지. 노벨 아이젠하워를 비롯해서 아이젠하워 가문 역시 13인 위원회에서 제명됐네. 그들은 다신 13인 위원회에 올라올 수 없을 거야. 그것으로 부족한가?"

13인 위원회의 하나였던 아이젠하워 가문.

그 주류에서 제외됐다는 것 그것 하나만으로도 노벨 아이젠하워 가문은 더는 예전처럼 승승장구하지 못할 것이다.

어떻게 보면 그것만큼 아이젠하워 가문에게 뼈아픈 일은 없을 것이다.

게다가 노벨 아이젠하워.

그의 명예는 땅바닥까지 추락했다.

그들이 가장 중요시하는 건 돈이나 권력 등이 아니다.

그보다 더 중요한 게 바로 명예다.

그들이 기를 쓰고 일루미나티의 최상위 집단에 속하려 하는 건 다 그런 이유에서다.

그것이 곧 권력이 되고 재물이 되기 때문이다.

그러나 아이젠하워 가문은 거기에서 쫓겨나게 됐다.

아이젠하워 가문이 그동안 누리고 있던 온갖 부와 명예, 권력도 그만큼 뭉텅이처럼 떨어져 나갈 게 분명했다.

실제로 아이젠하워 가문은 어떻게 해서든 다시 주류에 편입하고자 했지만 그랜드 마스터로 인해 그렇게 하지 못하고 있었다.

메로빙거 가문에서도 그런 아이젠하워 가문을 돕기 위해 애썼지만 어려운 일이었다.

그랜드 마스터, 그가 직접 내린 결정이기 때문이다.

"사이좋게 가세. 르네상스와 척을 지라는 게 아니야. 다만 우리와 그들 사이의 전쟁에 끼어들지 않았으면 하는 거지. 그렇게 해 준다면 자네 영역을 존중하도록 하지."

"루시아 베네딕트는? 그녀를 내게 보낸 건 당신이 아니 었나?"

노벨 아이젠하워가 지현을 납치하려고 하기 전 그랜드 마스터는 루시아 베네딕트를 건형에게 보낸 적이 있었다.

건형이 지현과 함께 로얄 클럽의 세력이라고 할 수 있는 골드코스트에서 머무르고 있을 때의 이야기다.

그때 루시아에게는 암시를 해 뒀고 루시아는 그 암시를 풀었지만 여전히 건형에 대한 호감을 가지고 있었다.

물론 그것은 완전기억능력 때문에 생긴 어쩔 수 없는 호감이긴 하지만.

어쨌든 간에 그때 루시아 베네딕트를 보낸 건 그랜드 마스터, 그였다.

건형의 질문에 그랜드 마스터가 대답했다.

"루시아를 보낸 건 다른 이유에서가 아니었네. 단지 자네가 로얄 클럽과 왜 엮이게 됐는지 그것을 알아보려 했을 뿐이야."

"로얄 클럽과 일루미나티도 적대적이라더군."

"서머싯 공작이 그러던가? 로얄 클럽은 우리와 중립 관계일세. 뒤퐁가가 우리를 껄끄럽게 생각하긴 하지만 그것은 어쩔 수 없는 일이지. 애초에 록펠러 가문이 우리 일원이니까 서로 대립하는 건 빈번하게 이루어지는 일이지."

"엘런가도 일루미나티인가?"

엘런가는 미국의 삼대 재벌 가문 중 하나다.

록펠러, 뒤퐁 그리고 엘런.

여기서 조금 더 넓게 본다면 몇몇 재벌들이 더 있긴 하지만 실제적으로 미국에서 가장 큰 영향력을 행사하고 있는 건 이들 삼대 가문이다.

여기서 엘런 가문(혹은 엘런 가문이라고도 불린다.)은 록펠러와 카네기와 더불어 미국 근대 경제를 이끈 가문으로 평가받으며 미국 정치계에서도 뚜렷한 족적을 남긴 명문가이다.

그러나 이후 엘런 가문은 가문 수족들이 독립하거나 또는 다른 재벌들에게 합병당하면서 그 세력을 잃고 영향력도 없어졌다고 알려져 있었다.

그렇지만 그것은 겉으로 알려진 사실일 뿐 여전히 엘런 가문은 막대한 영향력을 행사 중이었다.

또한 그들의 수족들도 다른 재벌들에게 합병당하거나 없어졌다고 알려져 있지만 그 모든 것들은 다 위장된 것으로, 끊임없이 정적들에게 견제당하던 엘런 가문이 일부러 그렇게 행동한 것이었다.

여하튼 엘런 가문은 록펠러 가문이나 뒤퐁 가문 못지않게 성세를 누리고 있었다.

다만 그게 겉으로 드러나지 않았을 뿐이었다.

그랜드 마스터는 건형의 질문에 가타부타 말하지 않았다.

건형은 그 모습을 보며 엘런가가 일루미나티와 밀접한 관계를 맺고 있다는 것을 깨달을 수 있었다.

어떤 관계를 맺고 있는 것인지는 불투명하지만 엘런 가문이 갖고 있는 힘의 특성상 록펠러 가문에 뒤지지 않는 힘을 가지고 있을 게 분명했다.

'어쩌면 아이젠하워 가문을 내쫓고 그 자리에 엘런 가문을 내세운 것일지도 모르지.'

그럴 가능성도 충분히 있다고 봐야 했다.

그렇게 볼 때 일루미나티가 가지는 면면은 지나칠 정도로 화려했다.

삼각위원회에는 빌더버그 그룹의 수장 록펠러 가문, CFR의 수장 베네딕트 가문 그리고 삼각위원회의 수장을 맡고 있는 메로빙거 가문이 있다.

그 외에도 엘런 가문, 아이젠하워 가문 같은 미국 유수의 명문가들이 즐비했다.

'메로빙거 가문이 일루미나티라는 건 유럽 몇몇 명문가

들도 일루미나티에 포함되어 있을 수 있다는 거겠지.'

생각해 볼수록 일루미나티의 세력이 강대하기 이를 데 없었다.

게다가 세계 최강 대국인 미국의 힘을 등에 업고 있다.

건형이 그랜드 마스터를 바라봤다.

그를 믿을 수 있을까?

건형은 속으로 고개를 저었다.

'전혀.'

건형은 그를 믿지 않는다.

애초에 그를 믿을 이유가 없다.

그리고 그는 믿을 수 없는 사람이었다.

철 가면에 온 몸을 짙은 롱코트로 뒤덮었고 보이는 것이라고는 새빨간 눈동자뿐이다.

자기 자신을 이렇게 철저하게 위장하는 자를 믿을 수는 없는 노릇이다.

그러나 그와 대립할 필요는 없었다.

아직 자신의 힘이 약하니까.

"한 번 더 믿어 보도록 하지."

"좋군. 그런데 이번에 BP하고 함께 사업을 추진 중이라고 들었네. 차세대 에너지 사업이라던데 혹시 완전기억능력을 응용해서 만들려고 하는 것인가?"

"잘 알고 있군."

"만약 BP가 그 기술을 독점하게 된다면 향후 에너지 시장은 BP가 석권할 것이네. 그 기술이 언제쯤 상용화될지는 알 수 없지만 그렇게 해도 되는가?"

"BP에게 힘을 실어 줘서 안 될 이유라도 있는 건가?"

"자네도 잘 알 텐데. BP 역시 르네상스의 일원이라는 것을."

"이건 BP와 나 개인의 문제가 아니야. BP와 태원, 두 회사의 문제일 뿐이지."

"BP와 함께하기로 했던 그 사업, 취소할 수 없겠나? 아니면 엑슨-모빌과 함께하는 건 어떤가?"

BP가 영국을 대표하는 석유 회사라면 엑슨-모빌은 미국을 대표하는 석유 회사다.

설립자는 록펠러 가문의 존 록펠러로 록펠러 가문이 이렇게까지 융성할 수 있던 계기를 마련해 줬던 기업이기도 하다.

세계 최대의 석유 생산 그룹으로, 몇 년 전 엑슨-모빌은 에너지 업체 엑스티오(XTO)를 인수해서 새로운 형태의 에너지 개발과 생산에 투자하고 있었다.

그러나 새로운 에너지를 찾는 게 그렇게 쉬운 일은 아니었다.

그 때문에 차일피일 시간이 미루어지는 게 사실이었다.

이때 건형이 엑슨-모빌을 돕겠다고 나선다면?

엑슨-모빌은 사실상 에너지 시장을 완전히 장악할 수 있게 될 터였다.

지금도 엑슨-모빌은 세계 최대의 석유 생산 기업이었으니까.

그러나 그것은 건형이 바라는 바가 아니었다.

그가 원하는 것은 르네상스와 일루미나티 그리고 로얄 클럽 이 세 그룹의 힘이 비등비등해지는 것이었다.

서로 물고 뜯고 싸울 수 있도록.

그리고 BP와의 사업을 엎게 되면?

르네상스에서 가만히 있을 리가 없었다.

적을 많이 두는 건 여러모로 골치 아픈 일이다.

애초에 아군은 가까이 두고 적은 멀리하라고 했다.

건형 입장에서는 하등 그래야 할 이유가 없었다.

그랜드 마스터가 그런 건형의 표정을 읽었다.

"자네는 그렇게 하길 원치 않는군."

"굳이 엑슨-모빌과 협력할 필요는 없으니까."

"이참에 일루미나티에 들어오는 게 어떻겠나? 자네를 삼각위원회의 수장으로 삼고 13인 위원회의 자리를 주지."

"그 자리는 메로빙거 가문의 것이 아니던가?"

"메로빙거도 기꺼이 그 뜻을 따를 것이네. 어떤가?"

건형이 그랜드 마스터를 바라봤다.

피로 물든 새빨간 눈동자가 토해 내는 건 진심이었다.

그리고 그 진심 속에서 꿈틀거리는 건 바로 탐욕이었다.

자신을 갖고 싶다는 그런 탐욕.

Chapter. 06

건형은 입술을 깨물었다.

자꾸 그의 눈동자를 바라보면 바라볼수록 그에게 빨려들어가는 느낌이 들었다.

매혹적인 눈빛.

건형이 얼굴을 구겼다.

그것은 마치 사술 같았다.

솔직히 말하면 지금이라도 당장 이 자리를 벗어나고 싶은 게 그의 심정이었다.

그러나 건형은 내색하지 않은 채 완전기억능력을 끌어

올렸다.

그 모습을 빤히 쳐다보던 그랜드 마스터가 입을 열었다.

"오랜 시간 삶을 살다 보니 모든 게 무료해지더군. 정말 따분하고 지겨운 삶이었어. 그런데 내가 딱 한 번 긴장한 적이 있었지. 완전기억능력자, 그래, 그 별종 때문이었어. 그 별종 때문에 내 조직이 궤멸에 가까운 피해를 입으면서······ 뭐, 옛 생각은 이 정도에서 그치고. 그래서일까. 자네하고 그렇게 부딪치고 싶진 않아. 금이 간 관계는 차츰 회복하면 될 일이고. 어차피 자네도 신경 쓸 일은 엄청 많을 테니까."

"원하는 게 뭐지?"

"중립에 서게. 우리 편이 되고 싶지 않다면 중립을 지키게. 그러면 자네와 자네가 아끼는 가족들은 일절 건들지 않겠다고 약속하지."

"그것을 어떻게 믿을 수 있지?"

"한국에는 이런 속담이 있다더군. 말 한마디로 천 냥 빚을 갚는다던가? 그건 나에게도 통용되는 말이야. 내 의지는 곧 내 입 밖으로 나오는 말에 결정되게 되어 있으니 내가 한 말은 약속이나 다름없지. 어떠한가?"

"······."

건형이 그를 바라봤다.

일루미나티가 그리는 최종 목표가 세계 정복이라면?

필연적으로 부딪칠 수밖에 없게 될 것이다.

르네상스나 로얄 클럽이 무너진 다음 자신 혼자서 일루미나티를 상대할 수 있을까?

어불성설이다.

그때 일루미나티는 이미 전 세계의 패권을 차지한 뒤일 테니까.

그렇다고 일루미나티와 지금 당장 대립하는 건 어려운 일이었다.

아직 건형은 가족을 지킬 만한 힘이 없다고 스스로 생각하고 있어서였다.

가족들을 지킬 수 있는 힘이 있으면 모를까.

그렇지 않은 이상 일루미나티와 단독으로 대립한다는 건 불 속에 섶을 지고 뛰어드는 격이었다.

"지금 바로 즉답을 줘야 하는 건가?"

"그건 아닐세. 그러나 대답은 빠르면 빠를수록 좋겠지. BP하고 사업을 계속해도 문제 삼지 않겠네. 그것은 어차피 나와 만나기 이전에 벌어진 일이니까. 다만 지금부터 그러지 않으면 되네. 그러면 무슨 일이든 눈을 감고 모른 척하지. 우리에게 피해를 입히는 일이 아니라면 그 무엇이든 상관하지 않도록 하겠단 말이네."

완전기억능력이 갖는 이점.

건형은 그가 말하고자 하는 바를 이해할 수 있었다.

그는 그만큼 완전기억능력자를 껄끄럽게 생각하고 있었다.

어쩌면 완전기억능력자를 두려워하는 것일지도 몰랐다.

"……대답은 나중에 주도록 하지."

건형은 대답을 미뤘다.

지금 당장 대답할 문제는 아니었다.

조금 더 생각해 보고 고민해 봐야 했다.

지혁과도 이야기를 나눠봐야 했다.

그때 그랜드 마스터가 자신 앞에 놓인 와인을 마시며 말했다.

"올바른 결정을 내리길 바라네. 그대와 나를, 그대 가족을 위해서."

쉐라톤 와이키키 호텔을 빠져나온 뒤 건형은 창백해진 얼굴로 심호흡을 했다.

그랜드 마스터.

그와의 만남은 길지 않았다.

얼마 되지 않는 시간이었다.

그러나 그 짧은 시간 동안 건형은 심력 소모가 장난이 아니었다.

그랜드 마스터, 그는 정말 신비로운 존재였다.

그리고 그의 눈에서 읽을 수 있는 건 커다란 갈망이었다.

세상 모든 걸 집어삼키고자 하는 욕구.

그것을 확실히 볼 수 있었다.

만약 평범한 사람이 그 앞에 섰다면?

그랜드 마스터의 그런 욕구를 이기지 못하고 스스로 무너졌을 것이다.

실제로 두 사람이 대화를 나누는 동안 누구 한 명 그 근처에 가까이 다가오지 못했다.

그들이 자연스럽게 뿜어내는 기세 때문이었다.

호텔을 빠져나온 뒤 건형은 지혁에게 전화를 걸었다.

얼마 지나지 않아 지혁이 전화를 받았다.

"형, 확인해 봤어요?"

[아, 그 숫자 0 전화번호? 확인해 봤는데 애초에 그런 통화가 걸려 온 적이 없던데?]

"그 전화번호가 그랜드 마스터의 것이었어요. 형 실력으로도 추적이 불가능해요?"

[애초에 추적이 안 된다니까. 누군가 너한테 전화를 건 내역 자체가 없어.]

"……."

이 스마트폰은 지혁이 자신의 능력을 이용해서 만든 최첨단 장비다.

그런데도 불구하고 허무하게 뚫려 버렸다.

그것도 지식의 보고에 있었는데 그랜드 마스터는 동네 친구한테 전화하듯 스스럼없이 전화를 걸었다.

'르네상스도 일루미나티를 막을 수는 없을 거야.'

일루미나티의 세력은 그만큼 대단했다.

르네상스가 일루미나티의 대항마로 평가받고 있지만 건형이 보기에 그것은 허상에 가까웠다.

오히려 일루미나티가 의도적으로 북미 이외의 지역에 진출하지 않고 있다고 보는 게 나을 정도였다.

건형이 보기엔 그들은 계속해서 웅크리며 힘을 비축하고 있었다.

그리고 때가 되면 단숨에 전 세계를 향해 선전포고를 하게 될 것이었다.

일루미나티의 최종 목적을 위해서.

"방금 그랜드 마스터를 만났어요."

[어떤 사람이야?]

"강해요. 강한데 무서울 정도로 소름 끼쳤어요. 내가 상대할 수 있을지 감이 안 잡힐 정도로."

[……그 정도야? 그래서 어떻게 하기로 했어?]

"일단 확답은 안 했어요. 생각해 볼 시간이 필요할 거 같아서요. 형은 어떻게 생각해요?"

[솔직히 말하면 대립 안 하는 게 최선이긴 하겠지. 일루미나티의 세력을 생각해 보면…… 계란으로 바위치기랄까? 굳이 그들을 상대한다고 해서 얻는 이득도 없고.]

"음, 형도 그렇게 생각할 거 같았어요."

지혁은 최대한 합리적으로 생각하는 사람이다.

그의 의견도 타당했다.

"어쨌든 곧 귀국할 거예요. 있다가 봐요."

[그래. 몸조심해서 와라.]

"예, 형."

건형은 택시를 잡아탔다.

슬슬 한국으로 돌아갈 시간이었다.

아직 그는 해결해야 할 일이 많이 남아 있었다.

한편 그랜드 마스터는 여전히 쉐라톤 와이키키 호텔에

남아 있었다.

바닷가가 보이는 전망 좋은 자리에 앉아 그는 커피를 마시며 생각에 잠겨 있었다.

'그는 완전기억능력을 2단계까지 각성했다. 3단계는 아직 아니지만…… 그래도 확실히 그 힘은 놀랍군.'

그랜드 마스터는 침을 삼켰다.

정말 탐이 나는 능력이다.

그와 대화를 나눌 때 그랜드 마스터는 계속해서 정신을 보호해야 했다.

이미 한 차례 그는 완전기억능력자를 상대한 경험이 있었다. 그리고 그 완전기억능력자를 어떻게 상대해야 할지도 어느 정도 알고 있었다.

까딱 잘못했다가는 루시아 베네딕트처럼 그에게 정신이 팔릴 수도 있는 일이었다.

그나마 다행이라고 할 것은 아직은 그가 자신의 능력에 대해 제대로 파악하지 못하고 있다는 것 정도뿐이었다.

'이 상태로 마찰을 빚게 된다면 우리 쪽에 무조건 손해겠지.'

그랜드 마스터는 얼굴을 구겼다.

그럴 게 분명했다.

오랜 시간 준비했던 대계다.

일루미나티의 창립 목적이기도 하다.

그것을 이제 이루는가 했더니 또다시 완전기억능력자가 나타났다.

여기서 선택을 해야 했다.

완전기억능력자를 어떻게 할지.

그때 그의 머릿속에 쓸 만한 생각이 떠올랐다.

'차라리 우리가 피해를 입느니 다른 놈들에게 뒤집어씌우면 되겠군.'

이를테면 르네상스나 로얄 클럽.

그들을 완전기억능력자와 맞부딪치게 만든다면?

그러면 충분히 만족스러운 결과가 나올 것 같았다.

관건은 그들을 어떻게 이용해 먹느냐 하는 점이었다.

'그들이 어떻게든 물을 수밖에 없는 떡밥을 던져야겠지. 싱싱하고 살아 있는 떡밥으로.'

지금 생각할 수 있는 최선의 방법은 그것뿐이었다.

오랜 시간 자리에 앉아 있던 그랜드 마스터가 일어났다.

그리고 그는 미련없이 발걸음을 떼었다.

'제법 시간이 걸리겠어. 우리가 뒤에서 일을 꾸민 게 들통 나지 않아야 할 테니까.'

건형은 가장 빠른 비행기를 타고 대한민국으로 돌아가고 있었다.

몇몇 사람들이 건형을 알아 봤지만 그들은 아무 내색도 하지 않았다.

인천국제공항에 도착한 뒤 건형은 곧장 스마트폰을 꺼내 들었다.

그런 다음 그는 지혁에게 먼저 전화를 걸었다.

"형, 지금 곧장 그쪽으로 갈게요."

[어, 그래.]

대한민국은 시끌벅적했다.

태원 그룹은 날이 갈수록 가파르게 평가액이 상승하고 있었다.

BP와 협업을 하기로 했다는 것.

그것 하나만으로도 주가에 호재로 작용할 수밖에 없었다.

게다가 태원 그룹에서 며칠 전 천재 과학자 스티븐 윌리엄스와 협업을 하기로 했다고 공식 발표를 하면서 또 한 번 주가가 폭풍 상승했다.

그러면서 태원 그룹 주주들은 막대한 차익을 거둬들일 수 있었다.

그렇게 태원 그룹이 승승장구하는 반면에 태원 그룹을 뒤통수치려 했던 정인호 사장을 비롯한 정찬수 부회장 일파는 죄다 유명무실해져 버린 상황이었다.

지혁 집에 도착한 뒤 건형은 지혁과 이야기를 나눴다.

주된 이야기는 앞으로 강해찬 국회의원이 어떤 식으로 나올 거냐 하는 점이었다.

"지금 강해찬 의원은 집에서 머무르고 있어. 외부로 나오고 있진 않다고 하더라고."

"장형철은요?"

"모르겠어. 바쁘게 이곳저곳 쑤시고 다니는 거 같은데. 딱히 뭘 하는지는 알아내지 못했어. 워낙 비밀리에 움직이고 있다고 들었으니까."

"음…… 골치 아프네요. 둘 다 빨리 해결을 봐야 하는데……."

"어떻게 해결하려고?"

"일단 둘 다 수많은 비리를 저질렀으니까요. 그에 맞는 대가를 치러야겠죠. 제가 심판할 수 있는 건 아니니 법에 맡겨야겠네요."

"우리나라 법을 믿을 수 있겠어?"

우리나라 사법부의 판단을 믿긴 어려웠다.

무전유죄 유전무죄.

이 말이 괜히 생긴 게 아니다.

"그래서 그것도 뜯어고치려고요. 제대로 법의 심판을 받을 수 있게."

"……어려울 거야. 그러려면 한두 가지를 바꿔야 하는 게 아니니까."

"알고 있어요. 그래도 해야 하지 않겠어요?"

지혁은 건형을 바라봤다.

그랜드 마스터를 만나고 난 뒤 그는 부쩍 변해 있었다.

도대체 무엇을 봤기 때문에 이러는 것일까.

그러나 건형은 서두를 수밖에 없었다.

그랜드 마스터, 그리고 그가 가지고 있는 힘.

그 힘을 상대하려면 자신 혼자만으로는 어림도 없었다.

많은 사람들의 도움을 필요로 했다.

그래야 그를 상대할 수 있을 터였다.

일루미나티가 원하는 바를 알고 있기 때문이다.

그가 자신이 하는 말이 곧 의지이기 때문에 믿어도 된다고 했지만 건형이 보기에 그것은 개소리나 다름없었다.

그 말을 믿느니 차라리 로또에 투자하는 게 더 나을 터였다.

말이라는 건 언제든지 뒤바뀔 수 있는 것이었다.

그리고 건형은 그랜드 마스터를 믿을 수 없었다.

"준비를 해야 해요. 이 격변의 시기를 맞이할 준비를."

건형은 그랜드 마스터를 보면서 본능적으로 느낄 수 있었다.

머지않은 시기에 그가 대전쟁을 일으키려 한다는 것을.

그것을 막아 낼 방법은 하나뿐이었다.

그보다 더 강한 힘을 갖춰야만 했다.

그렇게 하기 위해서는?

서둘러 주변에 잔재해 있던 내분을 잠재워야 했다.

그리고 그 첫 시작으로는 사법부를 뒤바꾸는 일이 될 터였다.

건형이 지혁을 쳐다보며 말했다.

"형 생각에 사법부를 뜯어고치려면 어떻게 해야 할 거 같아요?"

"그러려면 대통령부터 갈아 치워야 할걸?"

건형이 한숨을 길게 내쉬었다.

갈 길이 멀었다.

애초에 자신이 잘못 생각한 게 아닌가 싶었다.

이 나라를 바꾸는 게 가능한 일일까.

그냥 기존에 생각했던 대로 가족과 주변 사람들만 챙기는 게 최선이 아닐까?

　　자신 혼자서 모든 걸 다 감당할 수 있는 게 아니었다.

　　누군가의 도움이 필요한데 그 도움을 줄 사람이 없었다.

　　오히려 이 사회를 바꾸려고 한다면 기득권층의 반발에 부딪치게 될 터였다.

　　'방법을 찾아야 돼. 방법을.'

　　그러나 방법을 찾을 수 있을 거라고 생각되지 않았다.

　　그만큼 앞이 캄캄했다.

　　정치인은 사실 죄다 그 나물에 그 밥이었으니까.

　　건형은 계속해서 지혁과 이야기를 나눴다.

　　그러던 도중 지혁이 건형을 보며 강한 어조로 말했다.

　　"솔직히 말하자. 어떻게 할 생각이냐? 네 본심을 듣고 싶다."

　　"제 본심이요?"

　　"그래. 내가 처음 너를 만난 건 성철 형님 아들이어서였다. 그때에는 그냥 네가 잘살고 있는지 부족한 건 없는지 궁금해서였어."

　　"예, 기억하죠."

그와의 첫 만남을 기억한다.

사랑의 고아원에서 처음 그에 대한 단서를 발견했다.

그리고 건형은 아버지가 하던 일의 실체를 알 수 있었다.

아버지는 단순한 경찰이 아니었다.

이 사회를 바꾸고자 하는 사람들 중 하나였다.

그러나 그 일은 중간에 끊겼다.

"계속 고민했다. 너한테 이 일을 맡겨도 되는 건지. 그때에만 해도 우리에겐 힘이 있었어. 대통령도 우리 편이었고 우리 일을 적극 지원했으니까. 또 정 회장님도 여러모로 도움을 줬고."

그 이야기 역시 들었다.

그때에만 해도 대통령은 무소속 출신이었다.

썩어 빠진 여당이나 야당과 다르게 대통령은 무소속으로 출마했고 엄청난 지지를 받으며 대통령에 당선될 수 있었다.

여당, 야당 모두 대통령을 자신의 당으로 데려오고 싶어 했지만 대통령은 중립된 견지를 지키겠다고 나섰고 정치, 경제 개혁을 시작했다.

그 당시 전 세계적으로 경제가 불황이었는데도 불구하고 나라 살림은 꾸준히 나아졌고 그 덕분에 대통령에 대한 지지율은 계속해서 상승할 수 있었다.

그러면서 대통령이 계획했던 게 바로 정재계 개혁이었다.

부정부패와 비리를 일삼는 정재계 인사들을 하나씩 쳐내려고 마음먹었던 것이다.

그때 대통령이 평소 가장 신뢰하던 정용후 회장에게 전권을 부여했고 정용후 회장이 각계 인사들을 끌어모아 만든 게 바로 리폼 코리아 프로젝트의 전신이라고 할 수 있었다.

문제는 상대의 반격이 만만치 않았다는 점이었다.

그 때문에 상황이 지지부진해졌고 결국 임기가 끝낸 대통령이 지원을 해 주지 못하면서 그들의 꿈은 일장춘몽으로 끝나고 말았다.

그러나 그 이후에도 지혁은 박성철과 함께 계속해서 프로젝트를 진행시켰다.

희망의 끈을 끝까지 놓지 않은 것이다.

하지만 박성철이 프로젝트 도중 불의의 교통사고로 사망하면서 모든 프로젝트를 중단할 수밖에 없었다.

정용후 회장이 자금 지원을 전부 다 막았기 때문이다.

정용후 회장도 어쩔 수 없는 선택이었다.

더 이상 지인들이 죽어 나가는 걸 그 역시 보고 싶지 않았기 때문이다.

"중단했던 그 프로젝트, 너 때문에 다시 돌아가는 거 맞

아. 그런데 미래를 생각해야지. 계속해서 마찰을 빚다 보면 언젠가 또 비슷한 일이 생길 수 있을 거야. 그럴 경우 잘못될 수 있는 네 주변 사람들과 가족을 생각해야지. 막말로 애국한다고 그게 무슨 도움이 되는 건 아니잖냐."

"그건 그렇긴 하죠."

건형은 애국심 때문에 자신을 희생하고 싶은 생각은 전혀 없었다.

어쨌든 그가 가장 바라는 목표는 하나였다.

가족들 그리고 주변 사람들의 행복.

국가를 위해 희생할 마음은 전혀 없었다.

그가 태원 그룹을 돕고 있는 건 어디까지나 태원 그룹이 유일한 버팀목이었기 때문이다.

일루미나티가 언제 무슨 짓을 저지를지 모를 상황에서 태원 그룹은 건형의 유일한 동아줄이었다.

혹시 자신에게 무슨 일이 생기더라도 자신 주변 사람들을 챙겨 줄 수 있는 가장 효과적인 동아줄.

그렇기 때문에 정용후 회장을 여러모로 도운 것이었다.

애초에 정용후 회장이 아니었으면 태원 그룹을 돕는 일도 없었을 것이다.

그러나 지금은 현실적인 문제를 생각해 볼 차례가 됐다.

이대로 계속 태원 그룹을 도와서 대한민국의 미래를 바꾸는 데 도움을 줄 것이냐 아니면 그냥 가족들과 주변 지인들을 챙기는 데 만족할 것이냐.

고민할 시간이 필요했다.

그때 지혁이 건형을 바라보며 말했다.

"너를 보고 싶어 하는 분이 있어. 한 번 만나 볼래?"

"예? 누군데요?"

"만나 볼래? 그것만 일단 말해 줘."

"……뭐, 형이 추천하는 사람이라면 한 번 만나 봐야죠. 좋아요."

건형이 고개를 끄덕여보였다.

지혁이 입가에 미소를 지으며 말했다.

"그분을 만나면 너도 생각을 달리할 수 있을 거야."

"기대해 볼게요."

"일단 시간을 좀 줘. 나도 한번 물어봐야 하니까. 그분께서 시간을 낼 수 있을지 없을지."

"알았어요. 어차피 시간은 얼마든지 있으니까요."

건형이 귀국하고 난 뒤 소소한 일이 몇 가지 있었다.

우선 지현은 회사에 무사히 복귀했다.

레브 엔터테인먼트의 정 사장은 지현이 무탈하게 돌아오자 그제야 한숨을 길게 내쉴 수 있었다.

갑자기 그녀가 무단으로 잠적한 뒤 국내에서는 그 일로 난리가 아니었다.

지현이 레브 엔터테인먼트와 전속 계약을 끝내고 다른 소속사를 알아보려 한다고 온갖 지라시가 떠돌았기 때문이다.

그러나 지현이 잠적한 것은 별다른 이유가 아니라 심신의 안정을 필요로 해서였다고 하니 지현을 노리던 대다수의 기획사들은 허탈해할 수밖에 없었다.

플뢰르가 잘나가는 것도 레브 엔터테인먼트가 지금 최고의 기획사로 평가받는 것도 이지현이 있기 때문에 가능한 일이어서였다.

그러나 지현이 자의로 다른 기획사로 옮길 확률은 전혀 없다고 봐야 했다.

어쨌든 지현은 복귀하자마자 곧 방송 일정을 소화하기 시작했다.

건형은 대학교에 휴학계를 냈다.

원래 계속 학교를 다닐 생각이었지만 그러기엔 시간이 부족할 것 같았다.

해야 할 일이 너무 많이 남아 있어서였다.

그러는 사이 건형에게 러브콜을 보내는 방송 관계자들도 제법 있었다.

그들 대부분 건형이 레브 엔터테인먼트의 실세라는 걸 아는 사람들이었다.

그러나 건형은 방송 활동을 하지 않은 채 두 사람의 행적에 신중을 기울였다.

강해찬과 장형철.

두 사람은 최근 들어 부쩍 움직임을 줄인 채 칩거한 상태였다.

특히 강해찬 같은 경우 평소 의정 활동을 눈에 띄게 많이 하곤 했는데 갑자기 개인적인 질병으로 인해 의정 활동을 참가하지 못하고 있었다.

그렇다 보니 당 내에서도 강해찬의 발언권이 점점 더 약해지고 있었다.

그러나 누구 한 명 강해찬을 밀어낼 수 있는 사람은 없었다.

여전히 강해찬의 당 내 지배력은 확고했다.

관건은 왜 그들이 한창 활발하게 움직이다가 갑자기 쥐 죽은 듯 사라졌나 하는 점이었다.

건형은 휴학계를 낸 뒤 오랜만에 태원 그룹 본사 건물로 향했다.

원래는 입국하자마자 성화를 듣고 있었는데 며칠 정도 이런저런 이유로 미뤄 두다가 이제야 본사 건물을 찾게 된 것이었다.

사실 건형이 태원 그룹에서 이제 딱히 할 일은 없었다.

웬만한 일은 전부 다 처리가 된 상태였다.

BP와의 협업은 문제없이 진행 중이었고 스티븐 윌리엄스의 합류 덕분에 숨길이 트인 상태였다.

나머지는 실무진들이 알아서 해결할 일이었다.

물론 나중에 차세대 에너지를 공급할 때 건형이 도움을 줘야겠지만 지금 당장 필요한 일은 아니었다.

못해도 1년에서 2년 정도는 걸릴 일이었고 그동안 시간이 필요한 게 사실이었다.

그렇다 보니 건형도 1~2년 정도는 태원 그룹에서 잠시 눈을 뗄 생각이었다.

자신 앞가림하기에도 시간이 없었다.

조금 더 가족들과 시간을 보내며 지현과 보다 더 많은 시간을 갖고 싶었다.

그게 지금 당장 그가 바라는 최선이었다.

그래서일까.

태원 그룹을 향하는 건형의 발걸음은 사뭇 무거웠다.

오늘 무거운 주제를 언급해야 했으니까.

태원 그룹 본사는 여전했다.

직장인들도 바글바글했다.

오전 출근 시간이다.

바쁠 수밖에 없었다.

그때 건형이 태원 그룹 빌딩 안에 발걸음을 들여놓았다.

사람들의 시선이 그에게 쏠렸다.

"박 실장님!"

그때 한 사람이 건형에게 황급히 달려왔다.

건형이 그를 쳐다봤다.

김 차장이었다.

정용후 회장의 최측근으로 비서실을 총괄하고 있었다.

태원 그룹에서 그가 갖는 영향력은 엄청나게 크다.

회장의 최측근이기 때문이다.

그야말로 무소불위의 권력을 휘두른다고 봐도 무방하다.

그런 김 차장이 거의 버선발로 마중 나오다시피 한 남자.

그러나 그럴 수밖에 없다.

상대는 점점 힘을 잃어가는 태원 그룹을 단숨에 재계 최고의 그룹으로 끌어올린 남자였다.

전략 기획실이라는 새로운 조직에서 그가 해낸 성과는 어마어마한 것이었다.

우선 그는 입사하자마자 시작된 세무조사를 순조롭게 넘기면서 실력을 인정받았다.

그 후 BP 그룹으로부터 공동개발을 이끌어 내면서 새로운 에너지를 연구하고 개발할 수 있게 되었다.

물론 아직 그에 대해 확실한 청사진 같은 게 나온 건 아니었다.

그러나 세계적인 에너지 그룹 BP가 태원 그룹과 공동으로 연구하겠다고 발 벗고 나선 것부터 조짐이 좋다고 봐야 했다.

만약 여기서 태원 그룹이 새로운 에너지를 개발하는 데 성공하게 된다면?

태원 그룹은 새롭게 도약할 수 있는 발판을 마련할 수 있게 되는 것이었다.

그 모든 걸 전략 기획실장 박건형 혼자 해냈으니 김 차장이 저렇게 버선발로 마중 나오는 게 충분히 이해가 갔다.

"김 차장님, 어쩐 일로 여기까지……."

"회장님께서 애타게 박 실장님을 기다리고 계십니다. 빨리 올라가시죠."

"예, 알겠습니다."

건형은 김 차장과 함께 직원들 틈에서 엘리베이터가 내려오길 기다렸다.

다른 그룹들 같은 경우 회장이나 부회장 혹은 임원들이 엘리베이터를 타야 하는 일이 생기면 다른 직원들은 잠시 그 자리를 비켜 주게 된다.

그들을 먼저 올려 보내기 위해서다.

그러나 태원 그룹에는 그런 문화가 없다.

직원이나 임원이나 다 같이 엘리베이터를 타고 이동한다.

예전에 정인호 사장이 있을 때에는 그런 일이 묵시적으로 종종 일어나곤 했었다.

그러나 정용후 회장이 다시 일선으로 복귀한 이후로 그런 관행은 사라졌다.

직원이나 임원이나 다들 회사를 위해 최선을 다하는데 임원이라고 해서 그것을 차별한다는 건 불공정하다고 여겨서였다.

어쨌든 건형은 직원들이 드글드글한 가운데 김 차장과 함께 엘리베이터에 올라타게 됐다.

그런데 인원이 너무 많이 올라타서였을까.

삐이익—

제한을 초과했다는 알람이 요란하게 울려 댔다.

지하에서부터 올라와서 누가 새로 탔는지 모르는, 뒤쪽에 서 있는 직원들이 얼굴을 구겼다.

"거 앞에 있는 사람, 다음 엘리베이터 타면 안······."

그때 몇몇 사람들의 눈짓에 그가 황급히 입을 다물었다.

하필이면 엘리베이터에 탄 사람이 전략 기획실장과 비서실 차장일 줄이야.

인생이 꼬여도 이렇게 꼬일 수는 없는 일이었다.

"실장님, 먼저 올라가시죠. 저는 뒤따라가겠습니다."

그때 김 차장이 불쑥 엘리베이터에서 내렸다.

이미 시계가 아홉 시를 향해 달려가고 있었다.

조금만 더 늦으면 지각할 수도 있는 상황.

김 차장이 내린 덕분에 엘리베이터가 닫히고 빠른 속도로 올라가기 시작했다.

건형은 그 모습을 보며 입가에 미소를 지었다.

태원 그룹 사람들은 다른 그룹 사람들보다 이런 점에서 나았다.

특히 자신이 무언가 권력을 쥐고 있다 하더라도 그걸 겉으로 드러내지 않는 점이 마음에 들었다.

'대한민국 정치인들이나 재계 인사들도 이랬으면……'

게다가 얼마 전 한 재계 인사가 야구방망이로 하청 업체 직원을 두들겨 팬 일로 논란이 일어난 적이 있었다.

그러나 1심에서 법원이 내린 형은 집행유예 2년에 불과했다.

하청 업체 직원을 야구방망이로 두들겨 팼는데도 그 정도 형량밖에 나오지 않은 것이었다.

특수폭행죄에 들어가는 일인데도 불구하고.

그때 그 재계 인사가 대동한 변호인단은 전직 부장판사, 검사 출신들로 이루어진 초특급 엘리트들로, 그 이후 괜히 진보 측 언론에서 무전유죄 유전무죄라고 떠들어 댄 게 아니다.

오히려 몇몇 진보 언론들은 그런 기사를 냈다가 그 기업에게 광고가 모조리 끊기는 일을 겪기도 했다.

자신에게 안 좋은 기사를 냈다고 광고도 전부 다 끊어 버린 셈이었다.

그러는 사이 엘리베이터는 빠른 속도로 올라갔고 사람들이 하나둘 내렸다.

건형은 묵묵히 엘리베이터가 최상층에 도착하길 기다렸다.

그렇게 모든 직원들이 내린 뒤에야 엘리베이터가 최상층에 도착했다.

빌딩 꼭대기에 있는 회장실에 건형이 도착했다.

비서실 직원이 건형을 보며 눈을 크게 떴다.

"박 실장님!"

"회장님은 자리에 계십니까?"

"아, 예. 김 차장님은……."

"엘리베이터 기다리고 계실 겁니다."

"아."

"안으로 들어가 봐도 될까요?"

"예. 그런데 조심하……."

그 말을 채 듣기도 전에 건형이 먼저 문을 열어젖혔다.

그 순간 건형을 본 한 여자가 그 품 안에 달려들었다.

그것을 본 비서실 여직원이 얼굴을 새빨갛게 물들였다.

건형을 향해 달려든 건 다름 아닌 정 회장의 손녀딸 정지수 팀장이었다.

Chapter. 07

그것도 잠시 정지수는 얼굴이 새빨개진 채 뒤로 물러났다.

건형이 정지수를 쳐다봤다.

정지수가 당황해하며 말했다.

"미, 미안해요. 놀랐죠? 저도 모르게 반가워서 그만……."

"괜찮습니다. 회장님은 안에 계시죠?"

"아, 물론이에요. 회장님께서 실장님을 무척 찾으셨어요."

"예. 이야기 들었습니다. 잠시 회장님과 독대 좀 하겠습
니다. 괜찮을까요?"

"네, 알겠어요."

지수가 입술을 깨물었다.

여자가, 그것도 자신처럼 예쁘고 능력 있는 여자가 확 달려가서 안겼다.

이러면 남자는 어떤 식으로든 반응해 오기 마련이다.

그런데 말투는 무미건조하다.

사무적이다.

딱히 무언가 감정이 느껴지지 않는다.

하다못해 놀라기라도 했으면 덜 서러웠을 것이다.

그런데 감정의 표현이 없으니 그게 더 짜증 나고 속상했다.

게다가 오자마자 업무 이야기라니.

'나한테 선을 긋고 있는 거구나.'

지수는 알 수 있었다.

그가 일부러 자신한테 선을 긋고 있다는 것을.

'지현 씨 때문이겠지?'

그가 이런 선택을 내린 건 한 명 때문이다.

이지현.

그녀가 마음에 걸리니까 이렇게 한 것이다.

그래서 더 마음이 씁쓸했다.

건형은 회장실 안으로 들어왔다.

정용후 회장이 건형을 반갑게 반겼다.

정용후 회장 입장에서 건형은 그야말로 복덩이나 다름없다.

그 덕분에 회사가 살아났다.

재계 서열 10위권 밖으로 밀어났던 태원 그룹은 어느새 재계 서열 3위까지 바짝 올라왔다.

주가도 날이 갈수록 상승 중이다.

그야말로 고공행진.

몇몇 전문 펀드 매니저들은 태원 그룹에 투자하는 걸 엄중하게 경고했다.

태원 그룹이 지금 당장 잘 나가고 있지만 언제 그 거품이 꺼질지 모른다고 경고하고 나선 것이다.

그러나 건형과 정용후 회장은 알고 있었다.

태원 그룹은 지금 모래 위가 아니라 다이아몬드 위에 쌓은 단단한 철옹성이라고.

"어서 오게, 박 실장. 거의 보름 넘게 보이질 않더군."

"그럴 만한 사정이 있었습니다."

"그래. 무슨 일이 있었는지 대충 이야기를 들었네. 언론에 퍼지지 않게 하느라 고생이 많았겠어."

"지혁 형이 도와줘서 쉽게 해결할 수 있었습니다."

"하하. 그런가? 그보다 늙은이의 직감이라고 해야 하나? 요즘 들어 자네가 마음이 떠난 게 느껴지던데…… 진짜 태원을 떠날 생각인가? 자네가 원한다면 태원의 부회장 아니 회장 자리도 내어 줄 수 있는데 말이야."

"아닙니다. 그럴 생각은 없습니다. 어디까지나 제가 태원 그룹을 도운 건 회장님을 믿고 따를 수 있다고 생각해서였습니다. 아버지와 지혁 형이 회장님을 신뢰하기도 했고요. 사실 회장님을 도운 이유는 후자 때문이죠."

"……그래 무슨 뜻인지 잘 아네. 그래도 그동안 자네가 태원 그룹에 해 준 게 있는데 이대로 떠난다면 내가 많은 사람들에게 지탄을 받을 거 같아서 그러네."

"오히려 보수 측 언론에서는 좋아하지 않겠습니까? 그동안 낙하산이다 뭐다 해서 꽤 여러 번 건드리지 않았습니까."

"하하, 그런 밥버러지들, 무시하면 그만이지. 그런 걸 일일이 신경 썼나? 의외로 자네 되게 예민하군."

"아닙니다. 어쨌든 태원 그룹은 이미 단단해졌고 이번에 BP하고 하는 연구만 제대로 완성된다면 더 이상 문제 될 일은 없을 겁니다. 그것만으로도 향후 몇십 년, 아니 몇백 년은 충분히 세계 최고의 그룹이 될 만한 발판이 마련되는 셈이니까요."

"그렇겠지. 그래도 BP가 우리와 손을 잡기로 한 건 다른 누구도 아닌 자네가 태원 그룹의 전략 기획실장으로 있기 때문에 가능한 거였어. 만약 자네가 떠난다면 BP가 계속 우리와 연구를 하려 하겠는가?"

"걱정하지 않으셔도 됩니다. 원천 기술은 저한테 있고 BP가 이 기술을 개발하는 건 어떤 식으로든 불가능한 일입니다."

"……흠, 어떤 식으로든 자네 마음을 되돌릴 수는 없겠군. 이미 자네는 마음이 떠났군."

"죄송합니다, 회장님. 그러나 제겐 해야 할 일이 있습니다."

"일루미나티…… 그들 때문인가?"

"그것도 그렇지만 제 가족과 제 주변 사람들에게 보다 더 많은 시간을 투자하고 싶습니다."

"허허, 그래, 가족이 최고지. 그렇지."

정용후 회장이 씁쓸한 얼굴로 고개를 끄덕였다.

생각해 보니 자신은 그렇게 가족을 챙기지 못했다.

첫째는 죽었고 둘째는 회사를 망치려다가 지금은 떠돌이 신세가 됐다.

같은 부모 배 아래에서 태어난 동생도 회사를 탐내다가 결국 낙동강 오리알 신세가 됐다.

결국 지금 그에게 남은 건 첫째 부부가 남긴 외동손녀 지수뿐이었다.

그러나 그 손녀도 이룰 수 없는 짝사랑에 빠져 있으니 정용후 회장이 근심을 덜 수 없는 이유가 있었다.

"회장님, 제가 없이도 태원 그룹은 강합니다. 그리고 BP와의 연구 개발이 끝날 때까지 충분히 도움을 줄 겁니다. 걱정하지 않으셔도 됩니다."

"……그래, 자네를 믿겠네. 그리고 얼마든지 도움이 필요하면 이야기하게. 나는 언제나 자네 편일세."

"그것이면 충분합니다."

건형은 정용후 회장과의 면담을 끝내고 회장실을 나왔다.

회장실 앞에서는 여전히 지수가 자신을 기다리고 있었다.

건형을 빤히 쳐다보던 지수가 조심스럽게 물었다.

"회장님과의 면담은 어떻게 됐죠?"

"자세한 건 전략 기획실로 내려가서 이야기하죠."

"우선 저한테 말해 주세요. 미리 듣고 싶어요."

"……휴, 좋습니다. 저는 이번 달 안에 퇴사할 생각입니다."

"퇴사라고…… 하셨나요?"

"예. 맞아요. 이미 회장님과는 이야기가 끝났습니다."

"말도 안 돼요! 왜 퇴사하려는 거죠? 아직 우리는 실장님이 필요해요."

"……죄송합니다. 전략 기획실로 가시죠."

건형은 지수를 뒤로한 채 전략 기획실로 발걸음을 옮겼다.

하지만 지수는 멍하니 서 있었다.

건형을 따라 내려갈 생각은 하지 못하고 있었다.

건형이 떠난다고 한다.

생각지도 못한 일이다.

마음이 무거웠다.

그를 처음 만났을 때가 생각났다.

처음에는 그가 태원 그룹을 도둑질하러 온 사기꾼인 줄 알았다.

그래서 그땐 할아버지가 미웠다.

그러나 건형이 점점 더 실력 발휘를 시작하면서 지수는 그가 도대체 무슨 사람인지 궁금해졌다.

이후 자신도 모르게 그에게 호감을 가지게 됐다.

그런데 지금 그가 태원 그룹을 떠난다고 한다.

지수 입장에서는 마른하늘에 날벼락이 떨어진 셈이었다.

전략 기획실로 내려온 건형은 오랜만에 보는 사람들과 인사를 나눴다.

보름 가까이 자리를 비웠지만 건형의 영향력은 여전했다.

다들 건형을 어려워했다.

건형은 사무실로 그들을 불렀다.

지수는 말없이 건형 옆자리에 앉았다.

다들 분위기를 살폈다.

좋지 않았다.

무언가 터질 조짐을 보이고 있었다.

"이번 달 안에 저는 퇴사합니다."

"예? 실장님!"

"실장님? 그게 무슨 말도 안 되는 소립니까?"

다른 두 팀 팀장들이 화들짝 놀란 얼굴로 건형을 쳐다봤다.

말도 안 되는 이야기였다.

여태까지 태원 그룹을 되살린 게 누군데 그 장본인이 퇴사를 한단 말인가?

이해할 수 없는 행동이었다.

그들은 물론 전략 기획실 직원들 모두 놀란 표정이 역력했다.

"제 후임은 정지수 팀장님이 맡게 되실 겁니다."

파격적인 인사다.

정지수가 고개를 숙였다.

아직 자신에게는 이른 자리다.

조금 더 경력을 쌓고 실력을 쌓아야 한다.

지금 전략 기획실 실장이 된다고 이들을 자신이 휘어잡을 수 있을까?

어려울 것이다.

"아니, 실장님. 도대체 어떻게 된 건지 자세히 이야기 좀 해 주십시오. 왜 퇴사를 하시는 겁니까? 혹시 개인 사업을 차릴 생각이십니까?"

"아닙니다. 오해하지 않으시길 바랍니다. 이미 회장님과도 이야기가 끝난 내용입니다. 제가 퇴사를 하려는 건 개인적인 사정 때문입니다. 이제 회사보다는 가족을 챙겨야죠. 그리고 다들 까맣게 잊으신 모양인데 저 아직 대학생입니다."

"아니, 대학생이라고 해도 그렇지. 지금 퇴사하면 회사는 어떻게 되는 겁니까?"

"BP가 이 일을 문제 삼을 수도 있습니다."

"그럴 일은 없을 겁니다. 걱정하지 않으셔도 됩니다. 이미 이야기를 다 끝내 둔 상황입니다."

건형이 그들을 안심시켰다.

그리고 건형이 재차 말을 이었다.

"물론 완전 퇴사하는 건 아닙니다. 이번 달에 전략 기획실 실장 자리에서 내려올 것이고 당분간 태원 연구소에서 차세대 에너지 관련 개발을 도울 겁니다. 어디까지나 객원 연구원인 셈이지만요."

"그래도 전략 기획실은 회사의 머리나 다름없는데 실장님이 안 계시면…… 아, 정 팀장을 못 믿는다는 게 아니라 가뜩이나 경제가 어렵지 않습니까?"

"여러분이 일궈 낸 태원 그룹입니다. 태원 그룹은 여러분이 만들어 냈습니다. 여러분이 태원 그룹을 믿어야지 그렇지 않으면 누가 태원 그룹을 믿고 따르겠습니까? 그리고 차세대 에너지가 개발되는 대로 태원 그룹은 한동안 별문제 없을 겁니다."

건형의 뜻은 완강했다.

다들 그런 건형의 고집을 꺾을 수 없다는 걸 알고 있었다.

'그래서 정 팀장이 계속 말이 없는 거군.'

'오매불망 박 실장님이 돌아오기만을 기다리고 있었으니까.'

'큰일이군. 정 팀장이 박 실장님 자리를 대신할 수 있을

까?'

저마다 각양각색의 생각을 하고 있었다.

그러나 그들의 공통적인 의견은 하나였다.

과연 정지수가 박건형의 자리를 대신할 수 있는지.

그 여부에 관한 것이었다.

정지수가 정용후 회장의 손녀라고 하지만 그것과 능력은
별개의 문제였다.

게다가 정지수의 어린 나이.

그게 여러모로 걸림돌이 될 게 분명했다.

어쨌든 박건형이 태원 그룹을 떠난다.

이 일은 확정된 것이었다.

건형은 전략 기획실을 빠져나왔다.

그가 퇴사할 때 다 함께 회식을 하기로 이야기를 마무리
지은 뒤 건형은 회사를 나왔다.

새삼스럽게 태원 그룹 빌딩이 커 보였다.

그동안 이곳에서 해 왔던 일들이 여러모로 기억에 남을
것 같았다.

그리고 전화를 걸려 할 때였다.

누군가 건형에게 다가왔다.

검은 양복을 입고 있는 사내들이었다.

"실례합니다. 태원 그룹의 박건형 전략 기획실 실장님이 맞으십니까?"

"예. 맞습니다. 누구시죠?"

"아, 죄송합니다. 회장님께서 박 실장님을 만나 뵙고 싶다고 하셔서 이렇게 모시러 왔습니다."

도로변에는 잘빠진 리무진 한 대가 세워져 있었다.

건형이 그들을 바라봤다.

처음 보는 얼굴이다.

도대체 누가 자신을 보자고 한 걸까?

"누가 저를 데려오라고 한 건지 알려 주시죠."

"삼왕 그룹 회장님이십니다."

"아……."

건형이 가볍게 탄성을 냈다.

삼왕 그룹.

국내에서 가장 큰 대기업이다.

대한민국에는 십대그룹이 있다.

그러나 엄밀히 말하면 쌍강 아래 여덟 개 그룹이 있다고 봐야 한다.

쌍강.

삼왕 그룹과 정명 그룹을 일컫는 말이다.

이들은 대한민국을 떠받치는 두 개의 다리다.

남은 그룹들과 중견기업, 중소기업들을 다 긁어모아도 이 둘에 미치지 못한다.

그만큼 삼왕 그룹과 정명 그룹은 엄청난 힘을 갖고 있다.

그곳의 회장이 자신을 찾는다?

어째서일까.

"이유를 알려 주시기 전에는 따라갈 수 없습니다. 무슨 이유를 저를 보고자 하는지 알고 싶습니다."

건형 말에 잠시 망설이던 사내가 어디론가 전화를 걸었다.

쩔쩔매며 전화를 하던 사내가 조심스럽게 스마트폰을 건형에게 건넸다.

건형이 전화를 받았다.

"전화 받았습니다."

[태원 그룹 박 실장 맞나? 나 삼왕 이용현이야.]

삼왕 그룹의 회장 이용현.

재계의 살아 있는 전설.

"예. 박건형입니다. 무슨 일로 저를 부르신 건지 듣고 싶습니다."

건형은 별다른 감정의 변화 없이 무미건조한 목소리로

물었다.

그러자 수화기 너머 호방한 목소리가 울려 퍼졌다.

[하하, 대단하군. 대단해. 태원 그룹을 퇴사한다고 들었네. 그래서 말인데 자네가 탐이 나더군. 삼왕 그룹의 전략 기획본부 본부장 자리를 주겠네. 삼왕 그룹으로 오지 않겠나?]

삼왕 그룹의 전략 기획본부.

태원 그룹의 전략 기획실은 이름을 봐도 알 수 있지만 삼왕 그룹의 전략 기획본부를 딴 자리다.

그러나 그 실권은 엄청나게 차이 난다.

삼왕 그룹의 전략 기획본부장 자리는 삼왕 그룹 회장 바로 아래 있고 다른 임원들을 아래로 깔아뭉갤 수 있는 만인지상 일인지하의 자리다.

삼왕 그룹 회장 이용현의 엄청난 제안.

수화기 너머 목소리에서는 자신만만한 감정이 묻어나오고 있었다.

국내 재계 1위 그룹 2인자의 자리.

그 제안에 건형이 대답했다.

"관심 없습니다."

[……아, 아니. 이봐 자네!]

그때 삼왕 그룹 리무진 뒤로 또 다른 리무진이 멈춰 섰다.

이번에는 누군지 한눈에 알 수 있었다.

정장에 박혀 있는 정명 그룹의 마크 때문이었다.

그러면서 졸지에 쟁탈전이 벌어졌다.

국내 쌍강 그룹이, 태원 그룹 앞에서.

한 사람을 사이에 두고.

건형은 황당한 얼굴로 그들을 쳐다봤다.

처음에만 해도 자신을 향해 굽실거리던 그들은 이제는 자기들끼리 싸우기 시작했다.

삼왕 그룹은 자신이 먼저 왔다고 주장했고 정명 그룹은 건형의 의중을 물어봐야 하는 게 아니냐고 주장했다.

그 때문에 대낮에 태원 그룹 앞에서 뜬금없이 말싸움이 번졌고 사람들의 이목을 끌게 됐다.

그리고 그것은 근처에 상시 대기 중이던 몇몇 기자들의 레이더에 포착됐다.

태원 그룹.

최근 들어 가장 기세가 물이 오른 그룹.

박건형이라는 천재를 등에 업고 새로운 에너지 자원 연구에 나선 진보적인 그룹.

게다가 얼마 전까지 불미스러운 일에 휘말리기도 했다.

태원 그룹의 정용후 회장, 정인호 사장 그리고 정찬수 부회장까지.

집안싸움이 화려했기 때문이다.

정인호 사장이 유치장에서 풀려나고 한때 정용후 회장이 뒤에서 손을 쓴 게 아니냐 하는 의혹이 돌았지만 정용후 회장과 정인호 사장이 피 튀기는 싸움을 계속하면서 그런 의혹은 완전히 사그라졌다.

처음에만 해도 대부분의 언론인이나 정·재계 인사들은 정인호 사장과 정찬수 부회장이 태원 그룹을 장악할 것으로 여겼었다.

그 둘이 그동안 쌓아 온 것들이 엄청 많았기 때문이다.

뿐만 아니라 정용후 회장은 이미 지는 해나 다름없었다.

어떤 식으로든 정용후 회장은 재기가 불가능하다고 판단했었다.

오히려 몇몇 사람들은 끝까지 침대에 누워 환자 행세를 해야 했다고 주장했었다.

차라리 그렇게 해서 자신의 지분을 갖고 있는 게 훨씬 더 나은 선택이라고 이야기한 것이다.

그런데 여기서 반전이 일어났다.

정용후 회장이 데려온 천재 박건형이 사고를 친 것이다.

태원 그룹을 압박하고 있던 알버트 헤지펀드를 방어해 냈고 그 이후 BP와 연구 협약을 맺었다.

그것도 차세대 에너지 사업에 관한 것이었다.

그 이후 주가는 폭등했고 그 누구도 태원 그룹의 위기를 이야기하지 않게 되었다.

오히려 향후 태원 그룹이 차세대 에너지 시장을 장악할 수 있을지 그 여부를 놓고 의견이 분분한 상태였다.

어쨌든 여러모로 태원 그룹은 화제에 올라 있는 그룹이 었고 그렇다 보니 그 주변에 어떤 식으로든 정보를 얻어 보 려고 대기 중인 기자들도 많았다.

그런 기자들한테 재계의 쌍두마차라고 할 수 있는 두 그 룹의 기 싸움은 여러모로 재미있는 기삿거리였다.

[야, 인마! 너 지금 뭐하는 거야? 어?]

삼왕 그룹 회장 이용현이 버럭 소리를 내질렀다.

그제야 사태를 파악한 비서실장이 얼굴을 붉혔다.

대낮에 이렇게 사람 많은 곳에서 말싸움을 벌이고 있었 다니.

개쪽이다.

그는 붉어진 얼굴로 대답했다.

"죄송합니다, 회장님. 시정하겠습니다."

[됐고. 그 녀석은 어디 갔어? 어? 박건형인가 하는 놈,
어디 갔냐고!]

삼왕 그룹 비서실장은 다급히 주변을 둘러봤다.

정명 그룹한테 건형을 빼앗길 수는 없었다.

그랬다가는 지금 바람 앞 등불인 자신의 목숨이 완전히
끈 끊어진 동아줄 신세가 될 것이다.

그런데 어디에도 건형이 없었다.

오래전 그는 이미 사라지고 없었다.

'아, 젠장.'

비서실장이 얼굴을 구겼다.

회장이 무조건 완수하라고 시킨 명령이다.

태원 그룹을 퇴사하기로 한 박건형을 어떻게 해서든 데
려오라고 했었다.

그런데 그것이 물거품이 됐다.

속이 쓰렸다.

벌써부터 집에 있는 토끼 같은 자식들이 눈앞을 어지럽
히고 있었다.

그사이 건형은 태원 그룹으로 돌아와 있었다.

자신이 퇴사하는 걸 아는 사람은 몇 안 된다.

기껏 해 봐야 정용후 회장과 정지수 팀장, 전략 기획실 식구들이 전부다.

그러나 자신이 퇴사한 일을 삼왕 그룹에 알릴 사람은 마땅치 않다.

전략 기획실 직원들이 그랬을 리도 없다.

팀장들은?

가능성은 있다.

그러나 희박하다.

곰곰이 고민하던 건형은 회장실로 향했다.

정용후 회장을 만나서 이야기를 나눠 봐야 할 것 같았다.

그룹의 중차대한 일이 외부로 샌다는 건 좋은 일이 아니다.

어디나 산업 스파이를 심어 두고 있겠지만 보안을 강화하는 건 여러모로 중요한 일이다.

건형이 돌아오자 김 차장이 의아한 얼굴로 물었다.

"응? 박 실장님. 어쩐 일이십니까?"

"회장님과 잠깐 이야기를 나눠 봐야겠습니다. 그런데……."

그때 건형과 여직원 눈이 마주쳤다.

비서실 여직원이다.

김 차장의 직속 부하.

그런데 그녀의 표정이 영 좋질 않았다.

뒤가 켕긴 듯한 사람을 보는 듯하다.

건형이 혹시 하는 생각에 그녀를 바라봤다.

그녀의 감정이 자연스럽게 머릿속에 투시됐다.

진화한 완전기억능력이 만들어 낸 새로운 능력.

상대의 감정을 읽어 내는 것이다.

그녀의 감정은 불안하고 초조했다. 또 무언가를 걱정하고 있었다.

건형은 알 수 있었다.

그녀가 자신이 퇴사하기로 했다는 것을 삼왕 그룹에 알린 게 분명했다.

'삼왕 그룹에서 비서실에 사람을 심어 놨을 줄이야.'

곰곰이 고민하던 건형은 일단 회장실로 들어왔다.

정용후 회장이 반갑게 건형을 맞이했다.

"박 실장. 퇴사를 번복하러 온 건가?"

"그건 아닙니다. 그보다 회사 앞에서 벌어지고 있는 소란에 대해 들으셨습니까?"

"응? 무슨 일이 있었나?"

정용후 회장이 고개를 갸웃거렸다.

그는 김 차장을 안으로 들어오게 했다.

"김 차장, 박 실장이 회사 밖에 무슨 일이 있다는데 그게 무슨 일인가?"

김 차장이 대답했다.

"아, 다른 게 아니라 삼왕 그룹 사람들하고 정명 그룹 사람들이 박 실장님을 모셔가겠다고 난리가 났습니다."

"응? 그 사람들이 왜?"

"그게…… 박 실장님이 퇴사한다는 게 알려진 모양입니다."

"아니, 아직 기사화된 것도 아니고 우리가 직접 공표한 것도 아닌데 그들이 어떻게 그걸 알아? 어?"

"그, 그게 그러니까 저도 잘……."

김 차장이 식은땀을 흘리기 시작했다.

사실 김 차장도 궁금해하던 게 그것이다.

어떻게 그들이 그것을 알아냈느냐.

그 점이 의문스러웠다.

그때 건형이 입을 열었다.

"김 차장님, 저 여직원 언제 입사한 거죠?"

"아, 회장님 비서 말입니까? 이제 보름 정도 됐을 겁니다. 그런데 그건 왜 물으십니까?"

"아무래도 그 비서분이 회장실의 동태를 삼왕 그룹에 이야기한 듯싶습니다. 한번 들어오게 해서 물어보시죠."

결국 김 차장은 여직원을 들어오게 했다.

바르르 몸을 떨던 여직원은 사실대로 이실직고했다.

삼왕 그룹에서 거금을 주고 태원 그룹에 자신을 보냈다고.

그러나 정명 그룹에는 이야기하지 않았다고 덧붙였다.

정용후 회장은 허탈한 얼굴로 말했다.

"허허, 예전에만 해도 그들이 우리를 신경 쓸 일은 전혀 없었다네. 그전까지만 해도 우리는 재계 서열 10위권이었지만 평가는 좋지 않았거든. 다들 아는 일이지만 쌍성이 아니면 의미가 없지. 그런데 그들이 우리를 먼저 염탐하려고 사람을 보낼 줄은 몰랐군. 허허, 정말 어처구니없는 일이야."

그러나 한편으로는 가슴이 뿌듯했다.

벅차올랐다.

그 정도로 태원 그룹이 성장했다는 걸 보여 주는 반증 같았다.

"김 차장은 나가 있게. 저 직원의 처우는 김 차장한테 맡기지. 나는 잠시 박 실장하고 독대를 해야겠네."

"예, 알겠습니다. 회장님."

김 차장과 여직원이 나간 뒤 정용후 회장이 건형을 바라보며 말했다.

"박 실장. 회사를 위해 남아 주게. 자네도 보지 않았나? 연구소에도 다른 그룹에서 심어 놓은 산업 스파이들이 있을 수 있네. 아쉽게도 우리는 그 산업 스파이를 가려낼 능력이 없고. 천상 자네가 도와줘야겠어. 가능하겠나?"

"저보고 뭘 도와 달라고 하시는 겁니까?"

"자네 능력이라면 충분히 우리 그룹을 도울 수 있지 않은가. 이미 지혁에게 어느 정도 이야기를 전해 들었다네. 도와주게. 우리 힘으로는 아직 자생하기 어렵다네."

"……."

건형은 한숨을 길게 내쉬었다.

그는 정용후 회장을 믿는다.

그렇지만 자신이 있어야 회사가 돌아갈 수 있다면 그것을 회사라고 할 수 있을까?

그리고 어차피 차세대 에너지 사업 같은 경우 건형이 없으면 완성이 되지 않는다.

마지막에는 건형의 능력이 반드시 필요하다.

그가 완전기억능력으로 자연에 존재하는 에너지들을 정제해야 하기 때문이다.

그것을 알고 있는데도 불구하고 정용후 회장이 이렇게

매달리는 이유는 하나다.

자신을 놓치고 싶지 않기 때문이다.

그러나 언젠가 헤어질 때가 있기 마련이고 건형은 지금이 그 시점이라고 생각했다.

여기서 자신이 더 태원 그룹에 관여하는 건 서로에게 좋지 않은 일이다.

"회장님. 회자정리 거자필반이라는 말이 있습니다."

회자정리 거자필반.

만나는 사람은 반드시 헤어지게 되고, 떠난 자는 반드시 돌아온다는 말이다.

"만남이 있으면 헤어짐도 있는 법이죠. 그리고 또 헤어지면 언젠가 다시 만나게 되기 마련입니다. 회장님도 그 이치를 잘 아시지 않습니까?"

"박 실장……."

"그리고 잊으셨습니까? 저 역시 엄연히 태원 그룹의 주주입니다. 걱정하지 않으셔도 됩니다."

건형의 말에 정용후 회장은 끝내 눈시울을 붉혔다.

괜히 손녀가 미웠다.

애초에 자신이 그렇게 밀어줄 때 건형을 붙잡았어야 했다.

그러면 태원 그룹은 날개 달린 범, 아니 로켓 위에 올라탄 호랑이처럼 하늘을 뚫고 우주를 날아올랐을 것이다.

쌍성 따위 아래로 내려다보며 자신의 자리를 확고히 다질 수 있었을 테다.

그러나 이미 떠나간 버스다.

어쩔 수 없었다.

건형은 태원 그룹 회장실을 빠져나왔다.

스마트폰을 확인해 보니 기사가 속속 뜨고 있었다.

〈태원 그룹 전략 기획실장 박건형, 퇴사 결정〉

〈박건형이 태원 그룹을 떠나는 이유는?〉

〈삼왕 그룹, 정명 그룹 두 그룹 모두 박건형을 탐내〉

〈재계의 마이더스의 손으로 떠오른 박건형. 그는 누구인가?〉

〈재계의 신화, 또 다른 신화를 써 내려갈 것인가?〉

금세 기사들이 포털 사이트를 도배하기 시작했다.

그리고 댓글이 우후죽순 달렸다.

건형은 스마트폰을 껐다.

그런 다음 건물을 나왔다.

누구의 방해도 받지 않고 조용히 걷고 싶었다.

앞으로 어떻게 해야 할지 계획을 짜야 했기 때문이다.

'이럴 줄 알았으면 차를 끌고 나올 걸 그랬네.'

오늘은 정용후 회장과 독대를 끝내고 퇴사를 이야기한 다음 전략 기획실 식구들하고 다 함께 술을 마시려고 했기 때문에 일부러 차를 집에 두고 나온 상태였다.

그런데 막상 차를 두고 나오자 마음이 허전했다.

차라리 드라이브라도 하고 싶었다.

그때 몇몇 기자들이 건형에게 접근했다.

"저 죄송한데 몇 가지 질문 좀 해도 되겠습니까?"

"박건형 실장님 맞으시죠? 앞으로 어떻게 하실 생각이십니까? 연예계로 복귀하시는 겁니까?"

한 기자의 질문에 건형의 머리를 스치고 지나가는 생각이 있었다.

예전에 퀴즈의 신이 돼서 상금을 타 냈을 때 건형은 자신의 별명을 딴 코너를 직접 진행하기도 했었다.

그러다가 시간이 부족해지고 일이 많아지면서 더는 방송 출연을 할 수 없었다.

당분간 건형은 숨 고르기를 하며 쉴 생각이었다.

그리고 틈틈이 지현을 따라다니면서 그녀를 안전하게 지

킬 생각이었다.

가족들과도 시간을 보낼 생각이었다.

연예계는 연예계 나름대로 바쁘다.

그곳으로 돌아갈 생각은 없었다.

'그래.'

건형은 고개를 끄덕거렸다.

아무리 생각해 봐도 정답은 하나였다.

돈은 이미 풍족할 대로 있다.

삼대가 펑펑 써도 부족하지 않을 정도로 많다.

명예도 충분히 누리고 있다.

학계에서 그는 천재로 통하고 있고 재계에서도 그를 원하는 사람이 줄지어 서 있다.

그러나 지금 건형에게 그건 다 무의미한 일이다.

'그래. 최고는 놀고먹는 거지.'

백수.

당분간은 원 없이 놀고먹을 생각이었다.

Chapter. 08

　건형은 기자들을 뒤로한 채 자리를 떴다.

　삼왕 그룹과 정명 그룹의 비서실 직원들이 그런 건형에게 따라붙었지만 건형은 그들을 향해 한마디 했다.

　"그렇게 나오시면 어느 곳이든 가지 않겠습니다. 절대로. 그래도 끝내 쫓아오시려면 그렇게 하세요."

　협박 아닌 협박에 결국 그들은 굴복할 수밖에 없었다.

　그제야 한결 조용해지자 건형은 우선 레브 엔터테인먼트로 가기 위해 발걸음을 옮겼다.

　어차피 두 회사 모두 강남에 위치해 있었다.

택시를 타고 이동할 만큼 아주 멀리 떨어져 있는 건 아니었다.

건형은 천천히 발걸음을 옮기며 생각을 정리했다.

앞으로 어떻게 해야 할지.

무엇을 하며 살아야 할지.

어떻게 보면 늦은 고민일지도 몰랐다.

그러나 이것은 어쩔 수 없는 일이었다.

한번 생각해 봐라.

평범한 이십 대 대학생이 있다.

군대를 막 갔다 왔고 학비가 없어서 아르바이트에 매달려야 했던 그야말로 어딜 가든 흔히 볼 수 있는 그런 대학생이다.

슈퍼스타K나 K팝스타 같은 곳에 이것을 자신의 이력서로 낸다면 크게 흥미를 끌진 못할 것이다.

너무나도 흔히 찾아볼 수 있는 뻔한 사례가 되어 버렸기 때문이다.

실제로 대학교를 졸업한 이후에도 학자금 대출을 걱정하는 대학생들이 많다.

그런 대학생들 중 어느 한 명에게 완전기억능력이 생겼다고 가정해 보면?

그다음은 어떻게 할까?

상식적으로 생각해 본다면 처음에는 크게 당황해할 것이다.

평소 그렇게 어렵던 법학 서적을 단숨에 주파하고 암기해 버릴 수 있게 됐으니까.

꿈에 그리던 사법고시 패스를 눈앞에 두게 될지도 모른다.

이건 법대생일 경우고 공대생이라면?

중간고사, 기말고사 악몽은 이제 끝났다고 좋아하게 될지도 모른다.

그만큼 공대의 전공 시험은 어렵기로 유명하니까.

대부분 상상할 수 있는 폭에는 한계가 정해져 있기 마련이다.

그렇다고 영웅이 되려 하는 사람은 없을 것이다.

그러기에는 짊어져야 할 무게가 너무나도 많으니까.

처음에는 그런 식으로 시험과 연관지어 생각할 가능성이 높다.

대학생이면 아무래도 항상 학점을 신경 쓰기 마련이고 자신에게 이런 암기 능력이 생긴다면 시험을 우선적으로 고려하게 될 테니까.

그 이후에는?

아마 돈을 벌고 싶어 할 것이다.

머리가 좋아졌겠다. 웬만한 건 다 암기할 수 있겠다.

그러면 돈을 벌려고 할 테고 주식 투자나 그 외 다른 쪽 일을 알아볼 수 있다.

혹은 건형처럼 퀴즈쇼에 나갈 수도 있다.

국내 퀴즈쇼는 그때 한창 열풍이어서 건형이 돈을 싹 쓸 어담을 수 있었지만 지금은 그렇지 않다.

지금 퀴즈쇼는 대부분 명맥을 유지하는 선에서 그칠 뿐 이다.

그러나 해외 퀴즈쇼는?

해외에는 여전히 여러 퀴즈쇼들이 인기몰이를 하고 있다.

그런 퀴즈쇼에 나가서 억대 상금을 받는 것도 어려운 일 은 아닐 것이다.

그 이후에는?

평범한 삶이다.

돈도 많겠다. 머리도 좋아졌겠다. 취업 걱정 할 이유도 없겠다.

그냥 자신이 원하는 삶을 살면 된다.

아마 건형도 그렇게 평범한 삶을 살았을지도 모른다.

그러나 건형의 그 평범할 수 있었던 삶에 제동이 걸린 건 아버지의 일 때문이었다.

교통 단속 도중 뺑소니 사고로 돌아가신 줄만 알았던 아버지가 알고 보니 국내 유력 정·재계 인사들의 허물을 캐고 있던 비밀 조직의 일원이란다.

게다가 뺑소니 사고도 철저하게 사고로 위장된 것이며 사고가 아니라 고의로 누군가가 죽인 것이라고 한다.

문제는 법으로 이것을 해결할 방법이 전혀 없다는 것이다.

법으로 해결하기엔 법은 기득권이 더 잘 누릴 수 있는 산물이기 때문이다.

그렇다고 순순히 물러날 수는 없다.

아버지의 죽음과 관련이 있는 일이다.

누가 쉽게 물러날 수 있을까.

그래서 건형은 선택을 했다.

아버지의 죽음에 얽힌 그 뒷이야기를 파헤쳐 보기로.

그러다가 본의 아니게 완전기억능력이 세상에 알려지게 됐고 그러면서 일루미나티와 얽히게 됐다.

그 계기는 헨리 잭슨 교수다.

천재적인 수학자.

건형처럼 비상적인 능력을 얻어서 천재가 된 게 아니고 태어날 때부터 천재였던 사람이다.

그렇게 일루미나티와 얽히면서 상황이 꼬여 버렸다.

미국에 여행도 쉽게 가지 못하게 됐고 모든 행동마다 누군가를 신경 써야 하게 됐다.

무턱대고 행동하기엔 가족들을 지켜야 하고 또 사랑하는 연인을 지켜야 하기 때문이다.

그런 상황에서 자신 멋대로 행동한다는 건 불가능한 일이었다.

어쨌든 건형 역시 미래를 결정해야 할 필요가 있었다.

지금 가장 중요한 게 바로 그것이었다.

이런저런 생각을 하는 사이 건형은 어느새 레브 엔터테인먼트 사옥에 도착해 있었다.

레브 엔터테인먼트는 최근 들어 신사옥으로 이전할 준비를 하고 있었다.

그룹 플뢰르부터 그동안 건형이 능력을 개방해 줬던 몇몇 기대주들이 적지 않게 성장을 했고 게다가 건형이 회사의 대주주로 있다는 것 하나 때문에 레브 엔터테인먼트의 주가가 급성장한 덕분이었다.

그렇다 보니 사옥 앞은 여러모로 시끌벅적할 수밖에 없었다.

게다가 각종 아이돌의 사생팬들까지 즐비한 상황이었다.

그때 건형이 도착하자 사옥 앞이 난리가 났다.

건형도 아이돌, 특히 플뢰르 팬들에게는 상당히 인지도가 있었다.

플뢰르의 메인 보컬 이지현의 남자친구였으니까.

그렇다 보니 대부분 반응이 좋진 않았다.

오히려 질투, 분노, 부러움, 시기 등 온갖 마이너스한 감정이 즐비했다.

건형은 자신을 잡으려 하는 그들을 교묘하게 빠져나온 뒤 사옥 안으로 향했다.

마치 귀신처럼 사라져 버린 건형 모습에 사생팬들이 어리둥절해했다.

그것은 사옥 앞을 지키고 있던 수위도 마찬가지였다.

그들 눈에는 건형이 마치 사라졌다가 나타난 것처럼 비춰졌기 때문이다.

여하튼 사옥에 들어온 건형은 곧장 사장실로 향했다.

일단 레브 엔터테인먼트의 정명수 사장을 만나 이야기를 나눠야 했다.

한창 실장들과 이야기를 나누던 정명수는 건형이 왔다는 말에 그들을 물렸다. 그리고 난 다음 건형을 곧장 들어오게 했다.

실장들이 우르르 빠져나간 뒤 건형이 들어왔다.

"어서 오게. 보름 내내 소식이 없어서 내가 얼마나 걱정했는지 아나?"

그럴 수밖에 없을 터였다.

지금 레브 엔터테인먼트를 지탱하고 있는 두 개의 축은 이지현과 건형이다.

둘 중 한 명만 빠져나가도 문제가 되는 판국에 둘 다 자취를 감춰 버렸으니.

정명수가 속이 탈만 했다.

건형이 대답했다.

"그럴 만한 사정이 있었네요. 그보다 사옥을 이전한다고 들었는데 어디로 가는 거죠?"

"아, 여기서 멀리 떨어지지 않은 곳이야. 에쓰뜨레야 엔터테인먼트 알지? 그 근처에 괜찮은 빌딩 하나가 마침 비었다고 하더군. 요새 새로 애들도 많이 뽑고 있고 규모를 늘리려고 하다 보니까 조금 더 큰 건물로 이사를 가야 할 거 같아서."

"뭐, 나쁘지 않네요."

"그래, 그래. 그보다 여기까진 어쩐 일이지?"

"지현이는 지금 어디 가 있죠?"

"응? 연락 안 해 봤어? 회사에서 쉬고 있네. 어차피 그룹 활동도 끝났고 해서 솔로 활동이나 하는 게 어떨까 해서 말이야."

"그럼 당분간 지현이 매니저를 제가 봐도 될까요?"

"응? 갑자기 그건 왜? 아……퇴사했다는 이야기는 들었어. 그런데 진짜 퇴사하는 건가? 태원 그룹이라면……."

정명수는 말끝을 흐렸다.

솔직히 말해서 그의 입장에서는 이해가 안 가는 행동이다.

태원 그룹이 어디인가.

쌍성을 바짝 추격하고 있는 현재 대한민국에서 가장 잘나가는 그룹이다.

다른 그룹들이 줄줄이 중국발 경제 침체에 허우적거리는 와중에도 태원 그룹은 꾸준히 성장하고 있었다.

펀드매니저들은 투자하는 게 위험하다고 경고하고 있었지만 이미 외국인들은 태원 그룹 주식을 조금이라도 얻기 위해 혈안이 되어 있는 상태였다.

파는 사람은 없고 사는 사람은 많으니 주식이 오를 수밖에 없었다.

이런 상황에 똥줄이 타들어 가고 있는 건 쌍성 그룹이었다.

이러다가 잘못하면 두 그룹이 차지하고 있는 시장의 독점적이다시피 한 영향력이 산산조각 부서지고 말 테니까.

적당한 적은 자극을 줘서 도움을 주지만 너무 강한 적은 되려 위기에 몰아넣는 법이다.

지금 태원 그룹이 그러했다.

사실 그것은 국내에 한정을 지어 하는 이야기가 아니었다.

일본, 중국은 물론 미국까지도 적지 않은 영향을 받고 있었다.

특히 태원 그룹이 주도하고 있는 게 차세대 에너지 사업이다 보니 미국 쪽에 있는 수많은 대형 석유 에너지 회사들이 불안해하고 있었다.

만약 태원 그룹이 BP하고 연구 협약을 맺지 않았다면 그들은 대한민국 정부에 힘을 쓰든 혹은 태원 그룹에 힘을 쓰는 한이 있더라도 어떻게든 그 연구 기술을 자신의 것으로 가져오거나 아니면 아예 폐기시켜 버리는 방향으로 압력을 넣었을 것이다.

그렇지만 그들 못지않게 강력한, 세계 제2위의 에너지 그룹 BP와 맺은 협약 때문에 그러지도 못하고 있었다.

지금 태원 그룹을 건드린다는 것은 BP를 건드리는 것과 똑같은 것이었으니까.

어쨌든 정명수 입장에서는 박건형이 굴러들어 온 복돼지를 차 버리는 것 같아 보였다.

'누구나 돈 욕심은 있을 테고 또 권력 욕심도 있을 텐데. 태원 그룹의 전략 기획실 실장 자리를 내다 버리다니. 범인은 확실히 아니야.'

범인, 그러니까 평범한 사람은 확실히 아닌 게 분명했다.

태원 그룹의 실무 자리 중 가장 막강한 파워를 갖고 있는 전략 기획실장 자리를 아무렇지도 않게 내다 버렸기 때문이다.

그래 놓고 한다는 말이 지현의 매니저 자리를 하겠다니.

그러나 건형은 사사롭게는 지현의 남자친구이지만 공적으로 놓고 보면 레브 엔터테인먼트의 대주주였다.

지분율만 놓고 보면 건형이 대표이사 자리를 쓰는 게 맞을 정도.

그러나 경영에 관심이 없고 애초에 한 약속이 있는 탓에 여전히 그는 대주주에 머물러 있었다.

"알겠네. 그렇게 조치를 취하도록 하겠네."

"감사합니다, 사장님."

정명수는 고개를 끄덕여 보였다.

사실 그는 계속 속으로 태원 그룹을 퇴사했으니 레브 엔터테인먼트에서도 일해 달라고 하고 싶었다.

그렇지만 언감생심이었다.

태원 그룹이 보름달이라면 레브 엔터테인먼트는 반딧불보다 못한 신세다.

태원 그룹의 전략 기획실장으로 있던 건형을 레브 엔터테인먼트의 실장으로 앉힌다?

그러면 다른 실장들이 우선 반발할 가능성이 컸다.

그리고 그런 실장들을 아우르고 있는 총괄실장은?

당장 사표를 쓰려 할지도 모를 일이다.

결국 정명수는 속으로 그 말을 삼킬 수밖에 없었다.

정명수를 만나고 난 뒤 건형은 녹음실로 향했다.

녹음실에서 지현은 노래를 부르고 있었다.

신곡인 듯했다.

건형이 들어오자 녹음실 직원들이 화들짝 놀라 자리에서 일어나려 했다.

"괜찮아요. 신곡 들어 보려고 왔어요."

"아, 여, 여기 앉으시죠. 이사님."

건형은 그들이 내준 자리에 앉았다.

그리고 헤드셋을 낀 다음 노래를 듣기 시작했다.

그녀가 부르는 노래는 감미롭기 이를 데 없었다.

절절한 감정 표현에 환상적인 음색과 멜로디 그리고 그녀 특유의 가사 전달력까지.

모든 게 완벽했다.

그러면서 그것들이 건형의 영혼을 치유하고 있었다.

건형은 그녀를 보며 깨달을 수 있었다.

여태껏 무리하게 완전기억능력을 써 왔음에도 다치지 않았던 건 옆에 지현이 있어서였다는 것을.

"녹음은 언제 끝나죠?"

"한 시간 정도 더 걸릴 거 같아요. 가이드라인 작업 중이라서. 아, 잠시 쉬었다가 가도 돼요."

사내가 쩔쩔매며 말했다.

건형이 고개를 저었다.

"아니에요. 지현도 방해받는 건 원치 않을 겁니다. 한 시간 뒤쯤 오도록 하겠습니다."

건형은 꾸벅 고개를 숙인 뒤 녹음실을 나왔다.

그리고 그동안 지현을 담당했던 매니저 김정호를 만나기 위해 그를 찾아가려 했다.

그래도 기본적인 사전 지식은 알아 둬야 했다.

그때였다.

삼엄한 경비를 받으며 건형을 찾으러 오는 사람이 한 명 있었다.

그를 본 건형이 헛웃음을 흘렸다.

"이제야 자네 얼굴을 보게 되는군. 나 이용현일세."

쌍강이지만 국내 최고의 그룹으로 손꼽히는 삼왕 그룹의 회장 이용현이 입가에 미소를 띤 채 자신의 앞에 서 있었다.

이곳은 레브 엔터테인먼트다.

그런데 여기 삼왕 그룹의 회장 이용현이 서 있다.

건형은 어처구니없는 얼굴로 그를 쳐다봤다.

"여기서 뭐하시는 겁니까?"

"뭐하기는. 자네 얼굴을 보러 왔네. 아랫사람들이 무례하게 굴었다면 용서해 주게. 다들 하나같이 머리가 없어서. 쯧쯧."

이미 레브 엔터테인먼트 사옥 안은 난리가 나 있었다.

재계 인사들 중 가장 유명한 이용현이 직접 여기를 찾아왔다.

건형이라는 사람을 만나기 위해서.

화제가 안 되면 그게 오히려 이상한 일이다.

그러나 이용현에게 그런 분위기는 익숙한 모양이었다.

삼왕 그룹 회장 이용현이 웃으며 말했다.

"잠깐 내게 시간을 내주게. 후회하진 않을 걸세."

"저는 곧 여자친구를 만나야 합니다."

"곧? 지금 바로 만나야 하는 건가?"

"한 시간 뒤입니다. 그리고……."

"그러면 그 한 시간만 내게 투자해 주게. 그 정도는 어려운 일이 아니지 않나?"

저렇게 정정하지만 이용현도 올해 예순이 넘어간다.

게다가 여기까지 직접 찾아오는 수고를 부렸다.

무슨 이야기를 하려는 건지 들어보는 것 정도는 상관없었다.

건형이 고개를 끄덕였다.

"알겠습니다. 대신 딱 한 시간입니다."

"좋네. 이동하지."

레브 엔터테인먼트를 나온 뒤 건형은 이용현의 차에 올라탔다.

삼왕 그룹에서 자신 있게 출시한 고급 세단.

판매는 썩 좋지 않다고 들었지만 외산차 못지않게 성능이 훌륭하다고 해외에서 평가받고 있다고 들었다.

그 고급 세단을 타고 두 사람이 향한 곳은 한정식 가게였다.

"간단하게 뭐 좀 먹으면서 이야기하지."

그러고 보니 이런저런 일에 치이느라 점심을 아직 해결하지 못한 상태였다.

그는 이걸 알면서 이곳으로 온 걸까?

건형은 가게 안으로 발걸음을 옮겼다.

한눈에 봐도 고급스러운 가게다.

딱 우리는 상위 0.1%에 해당하는 분들만 모십니다. 그렇지 않은 분들은 조용히 뒤돌아서 나가 주시길 바랍니다.

그렇게 이야기하고 있는 듯했다.

이용현 회장이 들어서자 기품 있어 보이는 중년 여인이 반갑게 그를 맞이했다.

"회장님, 어서 오세요. 약속도 없이 어쩐 일로 오셨어요?"

"손님을 대접하러 왔지."

"손님요?"

조심스럽게 주변을 둘러보던 여인이 건형을 발견했다.

그러더기 그녀가 소스라치게 놀라며 말했다.

"박 실장님 맞으시죠? 처음 뵙겠어요. 저는 여기 한양별곡의 주인 장옥경이라고 해요. 앞으로도 편안하게 언제든지 찾아 주셔도 돼요."

"아, 감사합니다."

건형이 고개를 끄덕였다.

"자, 안으로 들지."

이용현 회장은 성큼성큼 가운데 있는 커다란 방으로 들어섰다.

깔끔하고 세련되게 꾸며진 방 안은 조선시대 양반집처럼 만들어져 있었다.

이용현 회장이 자리에 앉은 뒤 건형에게 맞은편 자리를 권했다.

그러자마자 애피타이저가 들어오기 시작했다.

갈증을 해소할 수 있는 차가운 물김치에 전복죽 그리고 생 야채 무침이 나왔다.

하나하나 정갈스럽게 준비된 것으로 먹음직스러워 보였다.

"내가 종종 찾는 집이라네. 꽤 입맛에 맞거든."

"일단 잘 먹겠습니다."

건형은 하나하나 맛보기 시작했다.

확실히 이용현 회장 말대로 입맛에 맞았다.

'나중에 지현이도 데리고 와야겠네.'

한식을 즐겨 찾는 지현이한테 여기는 제격일 듯했다.

그때 이용현 회장이 차분한 목소리로 입을 열었다.

"어째서 태원 그룹을 퇴사했는지 이유를 물어봐도 되나?"

"이룰 걸 다 이뤘기 때문입니다."

"태원 그룹에서 이루려던 게 무엇이었나?"

"태원 그룹이 자력으로 생존할 수 있는 방법을 마련해 주는 것이었습니다."

"그게 전부인가?"

이용현 회장이 황당한 얼굴로 건형을 쳐다봤다.

사람이라는 게 본래 욕심이 많은 생물이다.

누구나 최고가 되고 싶어 한다.

그러다 보면 그룹을 더욱더 성장시키고 싶어 하고 그 때문에 안달이 나고 주가가 조금이라도 떨어질 기미가 보이면 안절부절못한다.

급기야 몇몇 그룹 오너들은 필요 이상의 일을 저지르고 회사를 말아먹기도 한다.

그러나 그것은 한 번 빠지면 중독될 수밖에 없는 오묘한 것이다.

흔히 말하는 일중독이 바로 그것이다.

조금 더 자세히 이야기하면 경영 중독이라고 할 수 있다.

어쨌든 이용현 회장도 경영 중독이 있는 상태다. 그런 이용현 회장한테 건형의 발언은 신선했다.

회사가 자력 생존할 수 있을 때까지 돕는 게 자신의 목표였다니.

어째서 그 이상을 꿈꾸지 않은 것일까.

태원 그룹의 오너가 자신이 아니기 때문에?

그러나 건형은 적지 않은 태원 그룹의 주식을 가지고 있는 것으로 알고 있었다.

주주라면 응당 태원 그룹이 더 성장할 수 있게 해야 맞는 일이다. 그래야 자신에게 들어오는 배당금도 더 많아지니까.

"크흠, 내 머리로는 이해할 수가 없군. 태원이 자력생존할 때까지 돕는 게 목표였다니……."

"이해하실 수 없을 겁니다. 그러나 애초에 정용후 회장님과 맺은 계약이 그거였습니다. 그래서 정용후 회장님은 제게 전권을 위임했죠."

태원 그룹 전략 기획실의 창설.

그때까지만 해도 삼왕 그룹은 태원 그룹이 자신들을 흉내 내서 위기를 돌파하려고 하는구나, 라고 생각하고 있었다.

그러나 태원 그룹 전략 기획실 실장에 웬 이십 대 꼬맹이를 앉힐 줄은 아무도 예상하지 못한 일이었다.

게다가 그 꼬맹이가 박사 학위를 수두룩하게 갖고 있는

것도 아니었다.

퀴즈쇼에 나와서 인기몰이를 했고 헨리 잭슨 교수와 협업을 통해 리만 가설을 증명한 정도였다.

게다가 그 리만 가설도 헨리 잭슨 교수가 사실상 거의 다 한 게 아니냐는 의혹이 증폭되고 있는 상태였다.

국내 학계에서 그런 식으로 교수가 자신의 논문 성과를 다른 사람에게 밀어주는 건 흔한 일이었으니까.

일종의 학력 세탁을 위해서 말이다.

여하튼 이용현 회장은 곰곰이 고심에 잠겼다.

애초에 그가 여기까지 발걸음을 한 건 하나 때문이다.

태원 그룹을 어느샌가 저렇게 성장시킨 전략 기획실장을 직접 만나고 싶었고 또 한편으로는 그를 자신의 회사로 끌어들이고 싶었다.

아마 정명 그룹도 비슷한 생각을 하고 있을 것이다.

그러나 이용현 회장은 그게 어려운 일이라는 걸 깨닫고 있었다.

우선 그는 욕심이 없었다.

사람이라면 응당 욕심을 갖게 되기 마련인데 지금 눈앞에 앉아 있는 젊은이는 그것을 초월한 듯했다.

그러고 보니 비서실로부터 받은 첩보가 생각났다.

‘월스트리트에서 마이더스의 손이라고 불린다고 했지. 갓핸드라고도 했고. 엄청난 주식을 갖고 있다고 들었다. 재산만 놓고 보면 세계에서 가장 손꼽힐 부호라고 말이야. 만약 그게 사실이라면 굳이 회사 경영을 할 이유가 없겠지. 그 배당금만 받아먹고 살아도 충분히 먹고 사는 데 지장이 없을 테니까.’

먹고사는 것에만 지장이 없을까?

매년 천문학적인 돈이 통장으로 들어온다.

재무설계를 하고 플래너를 세우고 그럴 필요가 없는 것이다.

어차피 그는 남들이 가지고 있지 못한 모든 걸 다 가지고 있으니까.

‘결국 이대로 물러나야 하는 건가. 태원이 BP하고 연구 협약을 해서 개발하기로 했다던 그 차세대 에너지. 그것이 무엇인지 알아내야 하는데.’

이용현 회장은 평생 삼왕 그룹이 세계에서 선도적인 위치를 갖길 바랐던 사람이다.

그래서 그는 삼왕 그룹을 우선 국내를 선도할 수 있는 그룹으로 만들었다.

그리고 이제는 세계에서 경쟁력 있는 그룹으로 만들고자

노력 중이었다.

정명 그룹도 비슷한 포부를 품고 있을 것이다.

그러면서 조금씩 그게 결실을 맺어 가고 있었다.

그러나 삼왕 그룹이 제조 중인 모든 것들은 어쨌든 석유 에너지가 들어가는 것들이다.

휴대폰 같은 것은 그렇지 않지만 공장을 돌리거나 자동차의 연료 모두 석유가 근간이다.

괜히 중동이 거드름을 피워 가며 힘을 발휘할 수 있는 게 아니다.

그러나 문제는 그 이후다.

석유 에너지는 날이 갈수록 고갈되고 있고 사람들은 저마다 대체 에너지를 찾고 있다.

삼왕 그룹도 예외는 아니다.

지열 에너지, 태양 에너지, 수소 에너지 등.

각양각색의 방법으로 삼왕 그룹도 차세대 에너지를 찾고 있었다.

그렇지만 진전은 없고 연구비만 엄청나게 잡아먹는 괴물로 변해 가고 있는 실정이다.

그런데 그때 태원 그룹이 차세대 에너지를 터트린 것이다.

삼왕 그룹에서 그 이야기를 듣고 얼마나 충격받았을지는

뻔한 일이다.

기존 석유 에너지보다 훨씬 더 효율적이고 가격도 저렴한 데다가 친환경적인 에너지라고 한다.

솔직히 말해 믿어지지 않지만 BP가 괜히 연구 협약을 맺었을 리 없다.

그 때문에 한동안 BP의 주가가 연신 하락한 적도 있으니까.

지금에 이르러서는 태원 그룹의 주가는 어느새 폭발적으로 상승했고 태원 에너지 같은 경우는 아예 매물 자체가 없었다.

게다가 BP 역시 떨어지던 주가가 완만하게 오르더니 지금은 꾸준히 상승 중이었다.

스티븐 윌리엄스.

그를 연구소장으로 임명한 게 커다란 효과를 보여 준 셈이다.

이용현 회장은 그때 본능적으로 직감할 수 있었다.

지금은 무조건 태원 그룹, BP 이 두 그룹을 쫓아야 한다고.

이 두 그룹이 향후 에너지 시장 및 전 세계 시장을 선도할 것이라고.

그래서 태원 그룹의 두뇌라고 할 수 있는 박건형을 끈질기게 따라붙어서 레브 엔터테인먼트까지 찾아간 것이다.

메인 요리를 즐기는 동안 이용현은 슬쩍 스마트폰을 확인했다.

검색어 1위부터 10위까지 박건형과 레브 엔터테인먼트, 태원 그룹 등이 도배하고 있었다.

태원 그룹은 연일 화제를 낳고 있는 가장 뜨거운 감자였다.

박건형은 바로 그 감자를 만들어 낸 장본인이고.

이용현 회장이 건형을 쳐다보며 물었다.

"박 실장. 무엇을 필요로 하나?"

"예? 그게 무슨 말씀이시죠?"

"우리 회사에서 자네를 일하게 하고 싶네."

"스카웃 제의입니까? 삼왕 그룹 회장님이 직접 그렇게 스카웃 제의를 하시니까 몸 둘 바를 모르겠군요."

"진심일세. 자네한테 전략 기획본부 본부장 자리를 주겠네. 우리 삼왕 그룹을 변화시켜 주게."

건형이 고개를 가로저었다.

"죄송합니다. 저는 그럴 능력이 안 됩니다."

"그럴 능력이 안 되긴 뭐가 안 돼! 그럼 BP가 진짜 태원 그룹의 잠재력을 보고 협업을 하기로 했다는 건가? 아니면 태원 그룹에 그 차세대 에너지를 개발한 사람이 따로 있다는 말인가?"

건형은 길게 한숨을 내쉬었다.

문제는 이용현 회장만이 아니었다.

앞으로도 이와 비슷한 사람들이 계속 자신을 찾을 게 분명했다.

삼왕 그룹이 나섰으니 정명 그룹도 나설 테고.

정명 그룹 이후에 다른 십대 그룹들도 나설 게 분명했다.

그러면 자신은 했던 말을 또 하고 또 해야 한다.

사실 그것만큼 번거로운 일도 없다.

게다가 문제는 건형이 다시 회사에 들어갈 생각이 없다는 것이었다.

이미 벌어 놓은 돈은 충분히 많고 굳이 회사를 다니지 않아도 먹고사는 데 지장이 없는 상황이다.

게다가 건형은 이미 다른 직장에 취업한 상태다.

"죄송합니다, 회장님. 저는 이미 취업을 했습니다."

"응? 그, 그게 무슨 말인가? 설마 정명 그룹에 취업했다고 이야기하려는 건 아니겠지?"

"물론 정명 그룹은 아닙니다."

"그러면 태원 그룹에 다시 돌아가려는 건가? 아, 아니면 BP가 자네를 스카웃 제의했나? 혹시 엑슨-모빌인가?"

"전부 다 아닙니다. 레브 엔터테인먼트에서 잠깐 일할 생각입니다."

"응? 레브 엔터테인먼트? 아니, 거기서 자네가 뭘 하겠다는 건가?"

건형이 웃으며 대답했다.

"매니저 일을 하기로 했습니다."

"매, 매니저?"

이용현 회장이 어처구니없는 얼굴로 박건형을 바라봤다.

그의 얼굴은 반쯤 썩어들어 가고 있었다.

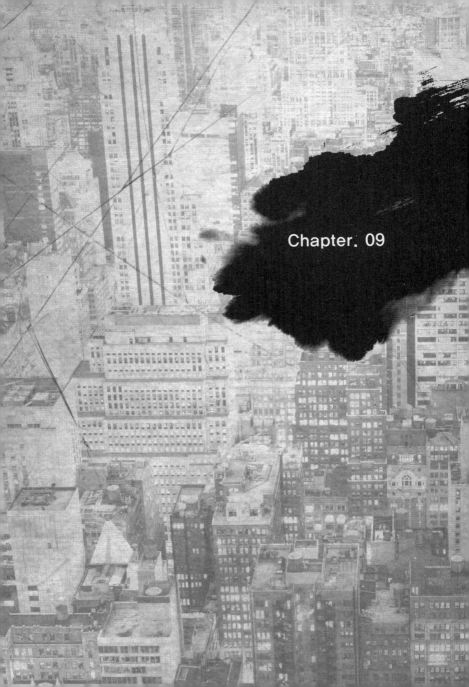

Chapter. 09

이용현 회장은 어처구니없는 얼굴로 박건형을 쳐다봤다.

정말 이해할 수 없는 사내다.

남들이 다 부러워할 만한 능력을 가지고 있으면서 고작 한다는 게 연예인 뒤치다꺼리하는 일이라니.

상식적으로 납득이 가질 않는다.

이건 흡사 소 잡을 칼로 닭, 아니 쥐를 잡는 격이다.

이용현 회장이 헛기침을 하며 입을 열었다.

"박 실장. 잘 생각해 보게. 자네 지식은 우리나라, 아니 전 인류를 위해 반드시 필요한 것이야. 그런데 그 지식을 고작 그런 매니저 일을 하는 데 낭비하겠다고? 그게 진짜 말이 되는 소리라고 생각하는 건가? 그렇게 자신의 인생을 낭비하면 안 된다네. 자네 능력은 더 많은 사람들을 위해 이롭게 쓰여야 하는 것이야. 이해할 수 없겠나?"

건형이 뚱한 표정을 지어 보이며 말했다.

"죄송하지만 회장님, 제게 이 일보다 지금 더 중요한 일은 없다고 단언할 수 있습니다."

"크흠."

이용현 회장의 얼굴이 붉게 달아올랐다.

말을 해도 알아듣질 못하니까 속에서 열불이 끓어오르는 것 같았다.

그것도 잠시 이용현 회장이 굳은 결심을 한 듯 차분한 목소리로 말을 이었다.

"삼왕으로 오게. 정 회장도 훌륭한 인품을 지닌 분이지만 삼왕이라면 자네가 충분히 만족스러워할 걸세. 삼왕의 날개가 되어 주게."

"죄송합니다. 저는 이미 계약을 했습니다."

"허, 거참. 여기 사장이 누구였지? 여기 사장을 만나야겠어. 그런 얼토당토않은 계약을 수락하다니. 미친 게 아닌가?"

"제 연인을 위한 일입니다. 어떻게 그게 얼토당토않은 일이 될 수 있단 말입니까?"

박건형이 얼굴을 살짝 구기며 말했다.

그 말에 이용현 회장이 당황한 얼굴로 건형을 쳐다봤다.

"그, 그게 무슨 말인가?"

"제 연인을 위해서 매니저 일을 맡아 볼 겁니다. 제가 사랑하는 연인을 위한 일이죠. 이보다 더 중요한 일이 어디 있겠습니까? 제가 사랑하는 가족을 위한 일인데요."

"……크흠."

이용현 회장은 갑자기 꿀 먹은 벙어리가 된 듯 아무 말도 꺼내지 못했다.

생각을 조금 더 깊게 해야 했다.

그러고 보니 박건형은 레브 엔터테인먼트의 이사로 있다.

최근 레브 엔터테인먼트가 상승세를 구가하고 있는 가장 큰 이유는 그룹 플뢰르, 그곳의 메인 보컬 이지현 때문이다. 그리고 이지현은 무엇보다 건형의 여자친구로 이미 대중들에게 익히 알려진 상황이다.

미처 그것을 염두에 두지 못한 자신의 실책이다.

"미안하게 됐군. 혹시 오해했다면 마음에 담아 두지 말게. 내가 섣부르게 이야기한 것이니까. 그러나 내 생각은 변함없다네. 자네가 대한민국을 위해 더 중요한 일을 해 줬으면 싶군."

완곡한 부탁이다.

그렇지만 건형은 여전히 고개를 저어 보였다.

"죄송합니다만 제 대답은 여전히 같습니다. 당분간 저는 지현의 매니저 일을 하며 쉴 겁니다."

이용현 회장은 쓸쓸한 표정이 됐다.

나머지 메인 디쉬와 후식을 입으로 삼키는지 코로 들이키는지 모를 지경이었다.

오히려 그런 모습을 보자 건형이 측은지심이 저절로 들 정도다.

그때 이용현 회장이 입을 열었다.

"정 회장 일은 들었네. 정 회장이 자네를 손녀하고 연결시켜 주려 했다더군."

"아닙니다. 애초에 정 팀장님은 저를 썩 달갑지 않게 여기셨죠. 그런 일은 없었습니다."

"그렇군. 어쨌든 자네가 만약 여자친구가 없었다면 내 자네를 손녀사위로 삼고 싶을 정도네."

"칭찬해 주신 걸로 알겠습니다."

"정말 마음이 무겁군. 자네 같은 인재를 떠나보내야 한다는 게 여러모로 섭섭해. 혹시 정명 그룹이 자네를 벌써 스카웃한 건 아니겠지?"

"아닙니다. 정명 그룹 회장님을 만나 뵌 적도 없습니다. 솔직히 말씀드리면 회장님 못지않게 저를 열정적으로 대해 주신 분은 정용후 회장님 한 분밖에 없습니다. 그만큼 이용현 회장님이 저를 향해 보여 주신 그 지극정성은 마음 깊이 새기도록 하겠습니다."

"입에 발린 말이라도 그런 말을 들으니 기분이 한결 좋아지는군. 음식은 입맛에 맞던가?"

"예. 잘 먹었습니다."

건형은 이미 자신 앞에 놓인 그릇을 깔끔하게 비운 상태였다.

"그럼 이만 자리에서 일어나지. 아무도 모르게 회사를 비운 터라 다들 난리가 났을 거야."

그러면서 이용현이 슬그머니 스마트폰을 꺼내 보였다.

부재중 통화가 수백여 통 쌓여 있었다.

"휴, 나이를 먹을수록 이 일도 이제 점점 벅차는 듯해. 내가 죽기 전에 후계 구도를 완벽하게 정리해 둬야 하는데 그게 쉬운 일도 아니고. 쯧쯧."

"잘 해결될 겁니다."

건형은 다시 한 번 이용현 회장의 고급 세단을 타고 태원 그룹으로 되돌아왔다.

소문난 스피드광이자 수십 억을 호가하는 고급 외제차를 수두룩하게 갖고 있는 이용현 회장이지만 외부 행사에서 그는 항상 삼왕 그룹의 자동차를 타고 다녔다.

이것도 전략적인 마케팅이 될 수 있기 때문이다.

그렇게 이용현 회장이 떠난 뒤 건형은 지혁에게 전화를 걸었다.

생각보다 시간이 조금 더 지체된 감이 없지 않아 있었다.

전화를 하며 시계를 확인해 보니 어느덧 한 시간 정도가 훌쩍 지난 상태였다.

"형, 저예요."

[어, 그래. 삼왕 그룹 이 회장이 네가 있는 회사까지 찾아갔다며? 진짜 장난 아니더라고.]

"휴, 그건 됐고 지금은 뭐하고 있어요?"

[뭐하기는. 그냥 가만히 있지. 할 일도 딱히 없으니까.]

그리고 보니 지금 두 사람은 임시 휴업 중이다.

그동안 틈틈이 작업해 오던 것들은 임시 중단해 버렸다.

물론 완전히 폐기시킨 건 아니다.

뱀의 꼬리를 잡는 것보다는 그 머리를 단숨에 움켜쥘 생각을 한 셈이다.

그러면서 꼼꼼히 주변 사람부터 확인해 보고 있었는데 개중에는 의심쩍은 징후를 보인 사람도 여럿 있었다.

물론 그것만으로 백 퍼센트 단정 지을 수는 없는 일이었다.

그러나 항상 주변을 경계해야 했다.

지현이 납치당할 뻔한 일 이후로 건형은 주변을 더욱더 예민하게 바라보고 있었다.

그녀의 매니저를 맡겠다고 자청하고 나선 것도 그런 이유에서다.

"나중에 한번 지현이랑 들를게요."

[그래, 맛있는 거 해 주마. 그때 보자.]

"아르고스는 문제없죠?"

[응. 잘 작동하고 있어. 뭐, 당분간 쓸 일은 없겠지만.]

"예, 알았어요. 생각해 볼 시간이 필요해요. 어떤 게 저를 위해서 최선의 길일지 생각해 봐야 할 거 같아요."

[그래, 다 이해한다. 나중에 보자.]

전화를 끊은 뒤 건형은 김정호 실장을 만나기 위해 사무실로 향했다.

여러 매니저들이 옹기종기 모여 쉬는 가운데 건형이 들어오자 다들 자리에서 일어나려 했다.

그래도 건형의 지위가 이사이다 보니 그들이 그렇게 뻣뻣한 자세를 취할 만했다.

건형은 손사래를 치며 말했다.

"김 실장님은 어디 계시죠?"

"아, 김 실장님 외근 중이십니다."

"누구 일 때문인가요?"

"플뢰르입니다."

"지현이도 함께 간 건가요?"

"아니요. 다른 멤버들만요. 지현 씨는 지금 녹음실에 있을 겁니다."

"감사합니다."

아무래도 김 실장하고 이야기를 나누는 건 조금 이후의 일이 될 듯했다.

사무실을 나오려던 건형은 자신에게 대답해 준 매니저에게 다가가서 지현의 스케줄이 있는지 물어봤고 그것을 건네받을 수 있었다.

생각보다 스케줄은 빡빡하지 않았다.

오히려 그가 알고 있는 아이돌에 비하면 이 정도 스케줄은 애교 수준으로 보일 만큼 되게 적었다.

보름 넘게 자리를 비웠다.

당연히 연예계에도 어느 정도 소문은 퍼졌을 것이다.

정명수 사장도 그것을 염두에 두고 일부러 스케줄을 적게 잡은 걸지도 몰랐다.

특히 해외 공연이 없는 걸 보면 그럴 가능성이 농후했다.

대부분 자선단체 행사나 기부 같은 모임에 주로 참석하는 것들이었는데 평소 지현이 관심 있어 해하는 것들이기도 했다.

녹음실로 향한 뒤 건형은 막 음반 작업을 마치고 나오는 지현과 마주할 수 있었다.

"어? 오빠! 여기까지 어쩐 일이에요?"

"너 보려고 왔지. 녹음은 다 끝난 거야?"

"네. 솔로 앨범 준비하려다가 보름 동안 자리를 비웠으니까요. 그래서 일정에 조금 차질이 생겼다는데 다행히 잘 해결될 거 같아요."

어차피 돈이면 해결 안 되는 일은 없다.

그리고 레브 엔터테인먼트는 어떻게 해서든 지현의 솔로 앨범을 빨리 내고 싶어 할 것이다.

그녀의 앨범을 기다리는 팬이 무지막지하게 많으니까.

그렇다 보니 음원 수입도 상당할 게 분명했다.

"이러다가 나보다 더 부자 되는 거 아니야?"

"부자가 되면 좋죠. 오빠 돈이 내 돈이고 내 돈이 오빠 돈인데요?"

"그래?"

"네! 그보다 아까 직원들 사이에서 이상한 이야기 돌던데 그거 사실이에요?"

"응? 어떤 거?"

"오빠가 내 매니저 역할 한다는 거요. 사실인지 아닌지 궁금해서요."

"왜? 불편해?"

"음, 사실 매니저 일이 쉬운 게 아니거든요. 그리고 아무래도 여기저기 불려다니면서 깨질 일이 더 많을 텐데…… 그리고 종종 밤늦게까지 일하다 보면 여러모로 피곤할 테고. 그래서 걱정이 돼서요."

"그 정도쯤은 걱정하지 않아도 돼."

"휴, 알았어요. 뭐, 오빠가 어련히 잘 선택했겠죠."

"배고프진 않아? 밥이라도 먹으러 갈까?"

"아, 괜찮아요. 사실 딱히 밥 생각이 없어서요."

건형이 지현을 바라봤다.

그러고 보니 계속되는 음반 작업 때문인지 여러모로 피곤한 기색이 역력했다.

아무래도 건강 관리에 보다 더 신경을 써야 할 것 같았다.

"음반 작업은 완전히 다 끝난 거야?"

"아뇨. 아직 이것저것 할 게 더 많이 남아 있어요. 오빠는요?"

"아, 일단 어머니 좀 뵈러 가려고. 보름 동안 연락 한 번 못 했으니까 지금이라도 들어가 봐야지. 같이 갈까 했는데 나중에 같이 가자."

"네, 죄송해요."

"죄송할 게 뭐 있어. 자기 일에 최선을 다하는 게 중요한 거지."

건형은 환하게 미소를 지어 보였다.

이렇게 각자 자신의 일에 최선을 다하는 게 훨씬 더 좋아 보이는 게 사실이었다.

보름 만에 본가에 온 건형은 어머니의 구박을 있는 대로 다 받아야 했다.

"어떻게 너는 보름 동안 연락이 없을 수 있니! 응?"

"미안해요. 그럴 만한 일이 있었어요."

"휴, 진짜 너 때문에 내가 속 썩는다. 속 썩어. 지현이는?"

"아, 회사에서 음반 작업하고 있어요. 한동안 바쁠 거 같아요."

"그런데 너 태원 그룹 퇴사하기로 했다며? 그 일은 어떻게 된 거니?"

"이제 태원 그룹은 제자리를 잡았으니까 더 이상 남아 있을 필요는 없을 듯해서요. 나머지는 자기들이 알아서 잘하겠죠."

"그럼 우리 아들 백수된 거네?"

"네, 당분간은요. 뭐, 곧 할 만한 일을 찾게 되겠죠."

"……그래, 알아서 하렴. 뭐, 원래 알아서 잘하던 애를 내가 야단친다고 딱히 무슨 의미가 있을 것도 아니고."

"그래도 걱정해 주시는 것과 그렇지 않은 건 다르죠."

"아, 그보다 다음 주에 아버지 산소 가는 거 잊지 말고."

"벌써 시간이 그렇게 됐네요."

생각해 보니 얼마 안 있으면 기일이었다.

"그때는 무슨 일이 있더라도 시간 비우고."

"예. 물론이죠."

"밥이라도 먹고 갈래?"

"좋죠. 저야."

보름 만에 먹어 보는 집밥이다.

아까 전 고급 한정식집에서 점심을 먹고 왔지만 지금 먹는 집밥이 훨씬 더 맛있게 느껴졌다.

어머니의 정성이 음식 곳곳에서 느껴져서였다.

"아영이는요?"

밥을 먹으며 건형이 물었다.

"친구들 만나러 갔을 게다. 왜? 무슨 일 있니?"

"아뇨. 아무래도 어머니하고 여동생 경호 좀 맡기려고 생각 중이어서요."

"경호? 무슨 경호? 혹시 경호원 그런 거 말하는 거니?"

"네. 아무래도 그럴 필요가 좀 생겼거든요."

지금 건형은 일루미나티와 여러모로 마찰을 빚고 있는 중이다.

일루미나티도 섣부르게 움직이진 않을 것이다.

그렇지만 돌다리도 두드리고 건넌다고 주의해야 할 필요는 충분히 있었다.

그러나 어머니는 그걸 영 탐탁지 않아 했다.

"그거 꼭 받아야 하는 거니?"

"있어도 모른 척 움직일 테니까 걱정하지 않으셔도 돼요. 그렇게 불편하지 않을 거예요."

"그래도……."

"걱정이 돼서 그래요."

"주변에 너무 적을 많이 만들지 말아라. 그럴수록 힘들어지는 건 너만이 아니라 네 주변 사람들이니까."

건형은 회한이 담긴 그 말에 고개를 끄덕였다.

아버지를 빗대어 하는 말이다.

실제로 아버지가 돌아가신 뒤 어머니는 여러모로 고생을 많이 해야 했다.

그런데 아들까지 괜히 그런 일에 휩싸이는 게 아닌가 걱정이 된 모양이다.

그렇게 건형이 자리에서 일어나려 할 때였다.

전화가 왔다.

지혁이었다.

"예, 형. 무슨 일이에요?"

[아직 못 봤구나. 지금 바로 기사 검색해 봐.]

착 가라앉은 그 목소리에 건형이 기사를 확인했다.

메인에 떡하니 기사가 실려 있었다.

〈○○그룹의 에너지 독과점, 이래도 괜찮은가? 해외로
연구 기술 및 국내 자산 유출 우려돼.〉

칼럼이었다.
그런데 그 칼럼을 쓴 사람의 이름이 낯이 익었다.
여당 6선 국회의원 강해찬이었다.

Chapter. 10

박건형은 기사를 보자마자 얼굴을 구겼다.

국회의원이 직접 쓴 칼럼이서일까.

기사 첫 면에 대문짝처럼 걸려 있었다.

건형은 천천히 기사를 읽어 보기 시작했다.

강해찬은 칼럼을 통해 태원 그룹이 BP 그룹과 연구 협약을 하고 있는 것을 비판하고 있었다.

국내에도 에너지 업체는 많은데 왜 하필 BP 그룹과 연구 협약을 하게 된 것이냐고 이야기하는 중이었다.

뿐만 아니라 BP 그룹에 태원 그룹이 어떤 식으로든 지분

을 빼앗기고 역으로 기술을 유출할 가능성을 내비치며 그
것을 경고하고 나섰다.

　……특히 태원 그룹 같은 경우 박건형이라는 젊은 천
재를 전략 기획실장에 앉히는 무모한 도박을 뒀다.
　다행히 그 도박은 성공했고 태원 그룹은 세계적인 에
너지 그룹이 될 수 있는 발판을 마련하게 됐다.
　그러나 태원 그룹의 박건형 전략 기획실장이 한 것은
해외의 유명한 에너지 업체인 BP 그룹과 전략적인 연구
협약을 맺는 것이었다.
　국내에도 에너지 관련 그룹은 다양하게 있다.
　그런데 굳이 BP와 연구 협약을 맺었어야 하는 이유를
알 수 없다.
　오히려 BP가 태원 그룹의 자산 및 기술을 유출시키지
않을까 그 점을 우려해야 하지 않을까 싶다.

　박건형은 기사를 읽어 보며 강해찬이 의도적으로 자신을
비꼬고 있다는 것을 한눈에 파악할 수 있었다.
　[기사는 다 읽어 봤냐?]
　"아, 네. 잘 썼네요."

[응? 뭐라고? 잘 썼다고?]

"네, 교묘하잖아요. 어린 녀석이 대한민국 생각하기는커녕 해외 기업하고 손잡고 기술 빼돌리려고 한다, 딱 이런 뉘앙스던데요?"

[휴, 어떻게 할 거냐?]

"글쎄요. 일단 내버려 두죠. 이참에 한번 시험해 보려고요."

[응? 어떤 걸? 서, 설마 너…….]

"예, 맞아요. 형이 생각하는 그거."

지혁이 입술을 깨물었다.

박건형이 하려는 건 지금 대한민국 국민들의 여론을 알아보는 것이었다.

만약 국민들의 여론이 건형을 압박하고 태원 그룹의 잘못으로 몰아간다면?

건형은 아예 차세대 에너지 기술을 사장시켜 버릴 지도 몰랐다.

지혁은 누구보다 건형이 만들어 내려고 하는 차세대 에너지 기술에 대해 잘 알고 있다.

그리고 그는 건형의 그 기술이 향후 대한민국을 얼마나 부강하게 만들지 뼈저리게 느끼는 중이었다.

국제사회에서 자본은 곧 힘이다.

그래서 미국이 세계 경제를 좌지우지할 수 있는 것이다.

전 세계의 통용화폐로 쓰이는 게 달러이기 때문이다.

당연히 그 달러를 주력으로 쓰며 또 달러라는 화폐를 찍어 내는 미국의 입김이 강할 수밖에 없다.

그러나 또 하나 세계를 좌지우지할 수 있는 힘이 있다.

에너지.

에너지는 세계 시장을 움직이게 하는 주력원이라고 할 수 있다.

산업 시대로 들어오면서 오랜 시간 세계 시장 제일의 에너지로 군림한 건 석유 에너지다.

그 덕분에 산유국인 중동은 부유함을 누릴 수 있었다.

그러나 석유 에너지는 날이 갈수록 고갈되어 가고 있고 석유 에너지가 갖고 있는 폐해 또한 문제시되고 있는 상황이다.

석유 에너지를 쓰면 쓸수록 환경오염이 심화되면서 대체 에너지 자원을 찾기 시작했던 것이기도 하다.

지혁은 수많은 대체 에너지 자원들 가운데 건형이 연구 중인 바로 그 대체 에너지가 최고의 에너지라고 자신 있게 이야기할 수 있었다.

그 정도로 지혁은 건형이 연구 중인 이 에너지가 하루라도 빨리 완성되길 학수고대하는 중이었다.

그 에너지만 있으면 세계 경제의 판도를 뒤바꾸는 것도 가능해지기 때문이다.

그런 탓에 왜 건형이 BP 그룹과 손을 잡았는지도 알 수 있었다.

BP가 아닌 국내 그룹들과 연구 협약을 맺었다면?

애초에 연구를 진행하는 데 난항을 겪었을 것이다.

산업 스파이들은 어딜 가든 존재하기 마련이고 그들은 무슨 수를 써서라도 기술들을 외부로 유출시키려 할 터였다.

뿐만 아니라 국내 기업들과 연구 협약을 해서 기술을 완성시키고 에너지를 만들어 냈다고 한들 해외에 파는 것도 불가능했을 것이다.

원천적으로 미국 그리고 EU에서 그 기술을 유통시키는 걸 거부했을 테니까

수단과 방법을 가리지 않고 그들은 그 기술이 유통되는 걸 막았을 테고 이후 어떻게 해서든 태원 그룹을 인수하든 또는 건형을 포섭하는 식으로 기술만을 빼냈을 가능성이 농후하다.

그렇다 보니 건형이 일부러 BP와 협약을 맺은 것이다.

[건형아, 그러지 말자. 응?]

"형도 알잖아요. 그렇게 할 수밖에 없어요. 지금 제 입장에서는 그게 최선이에요."

[휴, 일단 만나서 이야기하자. 이야기하고 상황을 조금 더 보자.]

"알았어요. 곧 거기로 갈게요."

건형은 전화를 끊었다.

"잠시 나갔다 올게요."

"어디 가니?"

"아, 지혁이 형이 불러서요."

"그래, 몸조심하고."

"예. 걱정하지 마세요."

건형이 환하게 웃으며 밖으로 나왔다.

람보르기니를 타고 그는 빠른 속도로 지혁의 집을 향해 움직였다.

지혁 집에 도착했을 때 그가 버선발로 마중을 나왔다.

"왔냐? 휴, 너무 성급하게 생각하지 말고. 차분하게 생각해 보자. 응?"

"그 기사 댓글 봤어요?"

"아, 응. 봤지."

건형이 말했다.

"그 기사 댓글 봤으면 형도 알 텐데요."

기사 댓글은 가관이었다.

- 와, 이 자식 매국노 아니냐? 왜 하필 영국 그룹하고 연구 협약 맺은 거래?

- 나라를 팔아먹고도 남을 놈이네. 돈 많다며? 이래놓고 해외로 내빼는 거 아니야?

- 진짜 개판이네. 와, 시발. 너무하는 거 아니냐? 노블리스 오블리주 이런 거 없냐?

- 우리나라 기업하는 새끼들이 다 똑같지. 그럼 뭐 다를 줄 알았냐?

- 그래도 이래서는 안 되는 거지. 이거 국부 유출 아니야?

- 국가 협력 지정 기술 뭐 그런 거 있지 않았나? 그런 거로 지정해야 하는 거 아니냐?

- 우리나라 정부가 신경 써야 할 문제 아닐까?

- 와, 나라면 그냥 가둬 놓고 해외 절대 못 나가게 막을 듯.

- 돈 많고 능력 좋으니까 걸그룹이 줄줄 꼬이나 보네.

- 아, 그러고 보니 얘가 이지현하고 사귀는 그놈 맞지?

- 진짜 잘놈잘이네.

- 잘놈잘이 무슨 뜻이에요?

- 잘될 놈은 잘되게 되어 있다는 거지. 에휴.

지혁이 씁쓸한 얼굴로 말했다.

"온라인에서는 그런 식으로 떠드는 애들 많잖아. 그냥 무시해. 언제부터 그런 거 신경 썼다고 그래."

"부모님 욕까지 하는 놈들도 있던데요? 요새 점점 한국에 회의감이 들고 있어요. 게다가 아까 얼핏 들어 보니까 정부에서 관련 법령을 만들 생각 중이라던데요?"

"……들었냐?"

"예."

건형도 주변 인맥이 만만치 않다.

여기 오기 전 그는 태원 그룹 홍보팀장과 이야기를 나눴었다. 그리고 그는 건형에게 정부의 입장에 대해 말을 해 줬다.

정부에서 이번에 태원 그룹이 정부와 논의 없이 BP 그룹과 연구 협약을 맺은 것을 대단히 위험하게 생각하고 있다는 것이었다.

그와 함께 관련 법령을 만들기로 논의 중이라는 이야기

까지 해 왔었다.

건형 입장에서는 대단히 골치 아픈 일이다.

어찌 됐든 정부가 나선다면 일개 시민에 불과한 자신으로서는 어쩔 수 없이 굽히고 들어갈 수밖에 없을 테니까.

이래저래 결국 정부가 문제인 셈이다.

"형이라면 어떻게 하겠어요? 애국심 따지면서 이 나라에 그대로 남겠어요? 내가 만든, 내가 개발한 지식들 전부 다 자기들 것으로 만들겠다는데?"

우리나라 이공계 박사들이 외국에서 안 돌아오는 이유가 그것이다.

돈은 안 되는데 원하는 건 많으니까.

결국 이게 바뀌어야 한다.

이게 바뀌지 않는 이상 아무것도 의미 없다.

"휴, 알았다. 그보다 너 정용후 회장님이 하신 말 들었냐?"

"아, 누구 만나러 가자고 하시던데. 형도 알고 있었어요?"

"당연하지. 나도 아는 분인데. 같이 갔다 오자."

"예. 저야 뭐 좋죠."

"그래."

지혁은 속으로 한숨을 내쉬었다.

그래도 건형이 자신의 말은 잘 따라 줘서 다행이다.

만약 자신마저 없었으면 건형은 차라리 이 나라를 떠나서 다른 나라에서 생활했을지도 모른다.

이미 그에게는 엄청나게 많은 돈이 있고 또 그만큼 능력이 있다.

어딜 가든 그를 원할 것이다.

BP 그룹만 해도 두 손 두 발 다 들고 그를 환영할 것이다.

그들 입장에서는 태원 그룹과 연구 협약을 맺은 게 어디까지나 건형이 태원 그룹의 전략 기획실장이었기 때문이었다.

만약에 건형이 태원 그룹의 전략 기획실장이 아니었다면 BP가 손을 내밀었을 리가 없다.

태원 그룹이 에너지 관련 산업을 애초에 다루고 있던 회사도 아니다.

그런데도 불구하고 태원 그룹과 협약을 맺었다는 건 건형의 가능성을 높이 사고 있다는 의미다.

특히 건형이 가지고 있는 완전기억능력.

그게 적지 않은 영향을 미쳤을 것이다.

며칠 뒤.

건형은 평소와 다름없는 일상을 보내고 있었다.

지현의 매니저 역할을 하는 건 잠시 뒤로 미뤘다.

지현이 일단 원하지 않았다.

이야기를 들어 보니 건형의 어머니가 그것을 탐탁지 않게 생각할 것 같다고 했다.

건형은 상관하지 않았지만 어머니 입장에서는 그게 또 다른 모양이었다.

아직 복학하려면 시간이 좀 남은 상황.

태원 그룹은 퇴사하겠다고 이미 못을 박아 뒀다.

틈틈이 연구소에 들러서 도움을 주는 걸 빼면 더 이상 태원 그룹 일에 관여할 생각은 없었다.

지혁과 함께 구상했던 히어로 프로젝트도 보류해 뒀다.

그에 비해 건형에 대한 비판 여론은 날이 갈수록 거세지고 있었다.

국부 유출, 고급 기술 유출 등 안 좋은 이야기가 뒤따라 붙었다.

한번 불이 붙자 그것은 장난 아니게 퍼져 나가기 시작했다.

대부분의 보수 언론들은 건형을 매국노로 매도하기까지 했다.

건형을 아는 사람들은 건형을 믿었지만 대부분은 그 의견을 믿는 듯한 눈치였다.

지혁은 건형을 달래기 위해 여러모로 애써야 했다.

게다가 건형은 이미 이골이 날 대로 이골이 난 상황이었다.

그들이 하는 말 때문이었다.

그리고 그 의견에 동조하는 대다수의 국민들까지.

건형이 원하는 건 이런 게 아니었다.

그가 태원 그룹을 도운 건 태원 그룹이 성장해야 외부로부터 밀려들어 올 다른 위험에 대응할 수 있다고 생각해서였다.

그러나 지금 와서는 자신의 생각이 그릇된 게 아닌가 진지하게 고민을 하게 되고 있었다.

슬슬 확실하게 결정을 내려야 할 시기가 다가오고 있었다.

자신은 무슨 말을 듣던 상관없지만 자신의 가족은 아니었다.

건형에 대한 비난 여론은 점점 더 불이 붙으면서 건형의 가족에게도 쏟아지고 있었다.

게다가 그 비난 여론은 급기야 지현에게까지 옮겨붙었는데 평소 아예 찾아볼 수 없었던 안티들이 급격히 늘면서 레브 엔터테인먼트에서도 지현의 경호를 부쩍 늘렸을 정도였다.

건형으로서는 학을 떼려야 뗄 수밖에 없는 상황.

그러던 어느 날 정용후 회장에게서 연락이 왔다.

[박 실장, 잘 지내고 있나?]

정용후 회장은 아직 포기하지 않은 모양이었다.

여전히 그는 자신을 실장으로 부르고 있었다.

"예, 회장님. 슬슬 새로운 전략 기획실장을 임명하셔야 하지 않겠습니까? 계속 박 실장이라고 불리는 것도 이젠 조금 그렇습니다."

[내게 전략 기획실 실장은 자네 한 명뿐이야. 애초에 자네를 위해서 만들었던 자리가 아닌가.]

"그렇다고 해도……."

[그건 됐고 오늘 시간을 내줄 수 있겠나? 오늘 저녁밥이나 한 끼 같이 먹었으면 하는데.]

"예? 아, 저는 상관없습니다."

[그럼 다행이군. 그분께서 자네를 보고 싶어하신다네.]

정용후 회장이 극존칭을 쓸 정도로 중요시하게 생각하는 인물.

건형은 그가 누구일지 어렴풋이 짐작하고 있었다.

다만 그가 직접 이야기를 하지 않았기 때문에 말을 아끼고 있었을 뿐이다.

"지혁 형도 같이 갑니까?"

[물론이네. 지혁 군에게도 연락을 해 놨네. 그러면 있다가 가평에서 보세. 주소는 문자로 보내 놓겠네.]

전화가 끊기고 정용후 회장이 보낸 문자가 도착했다.

그가 보고자 한 사람의 주소가 적혀 있었다.

그리고 건형은 가평으로 곧장 달렸다.

이미 정용후 회장은 도착해 있었다. 지혁도 얼마 되지 않아 도착했다.

그들은 집 안으로 발걸음을 들였다.

"어서 오세요, 여러분. 박건형 씨는 오늘이 첫 만남이군요. 반갑습니다. 최인규라고 합니다."

집 안에는 전 대통령 최인규가 자리하고 있었다.

겉으로 본 최인규는 대단히 젊어 보였다.

오십 대 중후반.

그 정도를 넘지 않았다.

큰 키에 까만색 머리카락.

눈동자는 칠흑처럼 어두웠다. 마치 주변 사람들을 빨아들이듯 대단히 깊고 어두웠다.

살은 거의 없고 대단히 빼빼 말랐다.

그러나 온몸은 올곧았고 그 몸에서는 알 수 없는 묘한 기세가 뿜어져 나오고 있었다.

철인 대통령이라고 불렸으며 재임 기간 동안 여러모로 훌륭한 업적을 만들어 냈던 대통령이 바로 이 남자, 최인규였다.

그는 대통령 임기가 끝난 뒤 자택에 머무르며 책을 집필 중이었다.

그런 그가 건형을 초대한 것이다.

건형이 다가오자 그가 입가에 미소를 그리며 말했다.

"듣던 대로 눈이 대단히 아름답군요. 그리고 눈 너머 정말 넓은 바다가 보이는군요. 하하, 정 회장님이 박건형 씨를 아끼는 데는 다 그럴 만한 이유가 있군요."

"감사합니다."

"사실 그보다 제일 먼저 눈에 들어오는 건 박건형 씨 외모였습니다. 아버지를 많이 빼닮으셨군요. 처음에는 성철 씨를 보는 듯했습니다."

아버지를 언급하는 그 말에 건형은 순간 가슴이 울컥해졌다.

그러나 그것도 잠시 건형이 고개를 저으며 말했다.

"아닙니다. 아버지는 저보다 훨씬 더 훌륭하신 분이었습니다."

하지만 자신은 그런 속사정도 모르고 아버지를 욕하기에 바빴다.

만약 속사정을 알았더라면 그러진 않았을 것이다.

어릴 때만 해도 얼마나 아버지를 원망했었는지.

아버지 때문에 집안이 망가졌다고 수도 없을 만큼 많이 원망한 적도 많았다.

"미안합니다. 그때 여러모로 힘들었을 테지요. 제 부탁을 들어주다가 변을 당하셨으니까요. 이제 와서 하기엔 너무 늦었지만 사과드립니다."

자리에서 일어난 최인규가 깍듯이 고개를 숙였다.

그 모습에 건형이 최인규를 바라봤다.

그가 무슨 생각으로 이러는지 모르겠지만 지금 그의 행동은 진심에서 우러나오는 것이었다.

"일단 자리에 앉으시죠."

최인규가 상석에, 정용후 회장이 왼쪽에 건형과 지혁이 오른쪽에 마주 보고 자리했다.

그리고 얼마 지나지 않아 사십 대 후반의 여인이 차를 끓여 왔다.

깊게 맛이 우러나오는 차였다.

차를 한 모금 마신 뒤 최인규가 입을 열었다.

"제가 정용후 회장님에게 부탁해서 박건형 씨를 보자고 했습니다. 아마 짐작하고 있으셨을 겁니다."

"예. 그렇습니다."

"제가 박건형 씨를 만나고자 한 건 박건형 씨를 우려해서입니다. 근래 강해찬 국회의원이 박건형 씨를 노리고 여러 차례 음해 공작을 펼치고 있다 들었습니다. 그래서 지금 박건형 씨를 향한 여론도 좋지 않다고 알고 있고요."

"사실입니다."

"그렇다 보니 박건형 씨가 점점 대한민국에 대한 애착을 잃어버리고 있는 건 아닌가 하는 우려가 듭니다. 그래서 이렇게 박건형 씨를 초대하게 됐습니다."

"전 대통령 각하께서 저를 회유하려고 하시는 겁니까?"

"그렇게 보일 수도 있겠군요. 사실대로 말한다면 맞습니다. 저는 박건형 씨를 여기, 이 나라에 붙잡아 두고 싶습니다."

"말씀은 고맙습니다만 왜 그렇게 하려 하시는지 이유를 들어 보고 싶습니다."

"당연합니다. 박건형 씨는 대한민국에 없어서는 안 될 중요한 인재이기 때문입니다."

"그러나 대부분의 국민들은 그렇게 생각하질 않더군요.

그런데도 불구하고 제가 이 나라에 계속 남아 있어야 할 이유가 있겠습니까? 오히려 그들 때문에 저뿐만 아니라 제 가족, 심지어는 제 연인까지 피해를 보고 있습니다. 전 대통령께서도 그 사실을 알고 있을 거라고 생각합니다만."

"휴, 그에 대해서는 정말 유감입니다. 그러나 박건형 씨, 생각해 보십시오. 이 나라는 여전히 발전 가능성이 많은 나라입니다. 지금은 경제가 어렵고 워낙 삶이 각박하다 보니 여러모로 상황이 열악하게 놓였지만 그것이 진심이 아니라는 건 누구보다 박건형 씨가 잘 알고 있을 거라고 생각합니다. 안 그렇습니까?"

"글쎄요. 개중 대부분은 자신이 하는 말을 진심으로 이야기하는 듯 보였습니다. 몇몇은 서슴없이 제 가족 욕을 하더군요. 이런데도 이 나라가 미래가 있다고 보십니까? 저는 그렇게 보지 않습니다."

최인규가 아찔한 표정을 지어 보였다.

오래전부터 그는 건형을 눈여겨보고 있었다.

지혁이 처음 건형을 만났을 때부터였다.

그때만 해도 그는 건형을 박성철의 아들로만 여겼고 그렇기 때문에 건형에게 미안한 마음을 갖고 있었다.

자신이 힘이 없어서 제대로 박성철을 보호하지 못했고

결국 박성철이 뺑소니 사고로 죽었기 때문이다.

그나마 최인규 대통령은 박성철을 가해자로 만들려고 하던 강해찬 국회의원의 음모를 저지했고 박성철에게 최소한의 예우는 할 수 있었다.

그렇다 보니 박성철의 아들 건형에게는 여러모로 마음의 빚을 지고 있을 수밖에 없었다.

그러다가 이후 건형이 자신의 능력을 보이기 시작하고 또 급기야는 새로운 차세대 에너지까지 만들어 내는 것을 보며 최인규는 자신이 잘못 생각했다는 걸 깨달았다.

건형은 새로운 날개였다.

대한민국을 강대국으로 이끌 새로운 동력원.

그리고 그 차세대 에너지가 그 역할을 해내 줄 것이 분명해 보였다.

그런데 강해찬 국회의원을 비롯한 몇몇 여당 인사들이 깽판을 놓고 있었다.

건형이 해외로 떠나 버린다면?

대한민국이 잃게 될 경제적 가치는 얼마나 될까?

수백 조? 수천 조? 수 경?

헤아릴 수 없을 만큼 천문학적인 비용이 될 게 분명했다.

향후 수십 년 아니 수백 년 동안 쓰게 될 차세대 에너지다.

그 에너지 기술을 정부가 개인으로부터 훔치자, 라고 하는 것 자체가 애초부터 말이 되지 않는 발상이다.

도대체 강해찬 국회의원이 무슨 생각으로 그렇게 나서는지 이해할 수가 없었다.

최인규 대통령이 대통령에 있을 때부터 국회의원직을 연임하고 있던 강해찬.

최인규 대통령은 정적으로 그를 인정했다.

그러나 그를 인정한 것에는 또 다른 이유가 있었으니 그것은 강해찬 국회의원 역시 나라를 사랑하는 마음은 같다는 것에서였다.

하지만 지금 강해찬 국회의원이 보여 주고 있는 행보는 평소 그의 모습과는 전혀 상반된 것이었다.

마치 일부러 대한민국에서 박건형을 몰아내려고 하는 그런 움직임을 보이고 있었으니까.

최인규가 아는 강해찬은 그럴 사람이 아니었다.

도대체 강해찬 국회의원의 마음을 바꿔 놓은 게 무엇인지 알아내야 했다.

어쨌든 그것과 별개로 얼어붙어 버린 건형의 마음을 녹여야 하는 것 역시 그의 몫이었다.

최인규가 건형을 쳐다보며 부드러운 목소리로 말했다.

"박건형 씨, 저는 건형 씨가 지혁 군과 이야기한 것들을 들으면서 엄청나게 많은 감명을 받았습니다. 특히 건형 씨가 아버지의 유업을 이을 생각을 하고 있다는 것에서는 감동을 느낄 수밖에 없었죠. 언제 생명이 위험할지 모를 그럴 일을 자청해서 나섰으니까요. 그런데 이렇게 마음이 바뀌어 버린 이유를 모르겠습니다. 어째서입니까?"

"제가 책임질 수 있는 만큼만 책임지기로 했기 때문입니다."

"그 말은……."

"전 대통령 각하께서도 잘 알고 계시리라 믿습니다. 일루미나티. 그들 때문입니다. 그들은 정말 강합니다. 그들을 저 혼자만의 힘으로 상대한다는 건 사실 불가능한 일입니다. 전 대통령 각하께서도 그것을 잘 알고 계시리라 믿습니다. 제가 완전기억능력자라고 하지만 일루미나티가 작정하고 나선다면 저 역시 그들을 막는 건 불가능할 겁니다. 그러나 저는 지켜야 할 사람들이 많습니다. 제 가족, 제 여자친구 그리고 제 여자친구의 가족들 그 밖에 많은 사람들을 지켜야 합니다. 그 이상은 버겁습니다. 그것 때문입니다."

"결국 가족들과 사랑하는 사람을 위해서라는 거군."

최인규는 건형을 바라봤다.

그의 눈빛은 확고해 보였다.

이런 사람의 의지를 쉽게 꺾을 수는 없다.

게다가 그 말을 듣자 박성철이 생각났다.

건형의 아버지, 박성철.

그도 자신에게 비슷한 말을 한 적이 있었다.

"대통령 각하, 죄송하지만 일을 그만두고 싶습니다."

"박 팀장, 그게 무슨 소린가. 일을 그만둔다니."

"제 가족을 돌봐야겠습니다. 이 일이 정말 보람 있고 나라를 위해 얼마나 훌륭한 일인지 잘 알고 있습니다. 그렇지만 제 가족을 돌보는 일도 소중하다고 생각합니다. 부디 허락해 주십시오."

"으음, 박 팀장이 없으면 정말 어려워지네. 지혁 군에게 일을 맡기자니 아직 지혁 군은 어리지 않나. 자네가 조금 더 남아서 도와줘야 하네."

"죄송합니다, 대통령 각하."

"알았네. 사람 급하기는. 그러면 딱 열흘만 기다려 주게. 열흘 동안 인수인계를 하고 그다음 쉬었다가 오는 거네. 가족들과 여행도 갔다 오고 또 맛있는

것도 사 먹고. 그렇게 재충전을 했다가 돌아오는 거
지. 어떤가?"

"……."

그리고 그 날이 그가 박성철을 본 마지막 날이었다.

그 날 박성철은 평소처럼 강해찬 국회의원을 비롯한 주
요 인물들을 감시하다가 뺑소니 사고를 당했다.

최인규는 급히 사람들을 불러모아서 박성철에게 무슨 일
이 일어났는지 파악하게 했고 누군가 배후에 있다는 것까
지 알아낼 수 있었다.

하지만 누가 배후에 있는지 확실하게 찾아내진 못했다.

워낙 은밀하게 움직여서였다.

결국 최인규는 사건을 일단락시킬 수밖에 없었다.

자신이 이들 사이에 개입했다는 걸 들킬 수는 없었다.

그리고 그렇게 최인규가 비밀스럽게 만들었던 조직은 물
거품이 됐다.

그게 최인규가 기억하는 마지막이었다.

'만약 그때 내가 박 팀장을 집으로 돌려보냈더라면? 그
렇게 고집을 부리지 않았더라면 어떻게 됐을까?'

역사에 만약이라는 건 없다고 한다.

그렇지만 여전히 마음 한구석이 시린 건 어쩔 수 없는 일이었다.

최인규가 씁쓸한 표정으로 말했다.

"자네 생각이 정 그렇다면 강요할 수 없는 일이겠지. 그래, 가족이 무엇보다 더 소중할 테니까. 이해하네."

그 말에 정용후 회장과 지혁이 최인규를 쳐다봤다.

두 사람이 건형을 최인규한테 데려온 건 그가 건형을 설득해 줬으면 하는 바람에서였다.

그래서 약속을 잡았고 시간을 내서 여기까지 왔다.

그런데 정작 최인규는 건형을 설득하기는커녕 오히려 그를 옹호하는 듯한 발언을 하고 있었다.

잠자코 있던 정용후 회장이 나섰다.

"대통령 각하! 그게 무슨 말도 안 되는 말씀이십니까? 지금 우리는 누구보다 박 실장을 필요로 합니다. 대통령 각하께서 흔들리고 있는 박 실장의 마음을 잡아 주셔야지요."

"정 회장님. 사람 마음이라는 건 그렇게 쉽게 주무를 수 있는 물건이 아닙니다. 저는 아까 박 팀장을 생각했습니다. 그리고 자꾸 후회가 되더군요. 만약 그때 제가 박 팀장을 자유롭게 풀어 줬다면 박 팀장이 사고를 당할 일도 없었을 겁니다."

"그것은……."

정용후 회장이 말끝을 흐렸다.

누구보다 최인규가 그것 때문에 마음고생을 했다는 걸 잘 아는 게 바로 그인 까닭이다.

최인규가 한숨을 길게 내쉬었다.

그 이야기를 듣던 건형이 물었다.

"무슨 이야기인지 알려 주실 수 있겠습니까?"

최인규는 슬픔이 가득 찬 목소리로 그동안 있었던 일에 대해 이야기했다.

이야기를 들으면서 건형의 표정은 급격히 어두워졌다.

그리고 아버지가 자신과 가족을 정말 끔찍이 사랑했다는 걸 들으며 그동안 쌓여 있던 나머지 앙금들이 눈 녹듯 사라지는 걸 느꼈다.

'아버지 산소라도 갔다 와야겠어.'

아버지가 돌아가셨을 때 상주 노릇했던 걸 제외하면 그 이후 아버지 산소를 한 번도 찾은 적이 없었다.

그러나 이번에라도 아버지 산소를 찾아가고 잡초도 뽑고 정리도 해야 할 듯했다.

그동안 잡초가 무성하게 자라 있을 걸 생각하면 마음 한 구석이 잔잔하게 아려 오는 느낌이었다.

건형이 떠난 뒤 자리에 남아 있던 정용후 회장이 입을 열었다.

"어째서 저 아이를 그대로 돌려보낸 것입니까? 박 실장이 연구한 차세대 에너지는 우리나라에 날개를 달아 줄 수 있는 획기적이고 전략적인 기술입니다. 외국에 이 기술을 넘겨서는 안 됩니다."

"정 회장님. 대국적으로 시야를 넓게 봐야 합니다. 지금 박건형 씨는 우리나라 실정에 무척 지친 상태입니다. 그에게는 휴식이 필요합니다. 우리까지 나서서 그를 닦달했다가는 그의 마음이 훌쩍 떠나 버릴 겁니다. 조금 더 그를 지켜보고 기다려줘야 합니다."

정용후 회장은 그 말에 아무 말도 할 수 없었다.

나이 차이가 있지만 정용후 회장이 가장 존경해 온 인물이 바로 최인규 전 대통령 그다.

그에게 최인규 대통령은 커다란 사람이었다.

큰 사람.

지금으로서는 그를 믿고 기다리는 수밖에 없었다.

한편 건형은 지혁과 함께 람보르기니를 타고 아버지의

산소로 향했다.

근처 슈퍼마켓에서 간단히 소주와 과일 등을 사 든 다음 건형은 성큼성큼 발걸음을 옮겼다.

'나중에 지현이하고 함께 와야겠네.'

그리고 아버지 산소에 도착했을 때.

건형은 자신도 모르게 눈물을 삼켰다.

아버지가 모셔진 봉분은 깔끔하게 정리 정돈되어 있었다.

처음 모셨던 그 날 그 모습 그대로였다.

그는 눈물을 삼키며 근처를 지나가고 있는 경비원을 향해 물었다.

"저 말씀 좀 여쭙겠습니다. 이 봉분을 관리해 주신 분이 누군지 알 수 있을까요?"

"거 기다려 봅시다."

능숙하게 스마트폰을 조작한 경비원이 입을 열었다.

"최인규라는 사람이 일 년에 두 번 다녀왔다 갔군. 아는 분이신가?"

"아, 예. 그런 거 같습니다."

"인상이 참 좋으신 분이셨지. 전직 대통령을 닮은 듯해서 몇 차례 물어봤는데 아니라고 손사래를 치더라고. 어쨌든 아버님 잘 모시게. 그분께서 나한테도 어찌나 신신당부를 하던지. 가까이 지내던 친구라도 그렇게 매년 두 차례 찾아와서 이렇게 손수 봉분을 정리할 만한 사람이 요새 흔치 않거든."

그리고 그때 건형은 터져 나오는 눈물을 도저히 참을 수가 없었다.

그런 건형의 어깨를 지혁이 두드렸다.

"인마, 울지 마. 멋진 모습 보여드려야지."

터져 나오는 울음을 꾹꾹 눌러 담으며 건형은 간단히 상을 차렸다. 그런 다음 절을 하며 속으로 말했다.

'아버지, 못난 아들이 이렇게 늦게 찾아뵙게 돼서 죄송합니다. 면목없습니다. 죄송합니다, 아버지.'

박건형은 고개를 푹 숙였다.

그동안 왜 한 번도 아버지를 찾지 않았을까.

그것에 대한 회한이 가득한 움직임이었다.

그렇게 묘지 앞에서 건형은 지혁과 이야기를 나눴다.

지혁이 건형을 쳐다보며 물었다.

"나는 네가 올바른 결정을 내리길 바란다. 최인규 각하도 네가 올바른 길을 선택하길 바라고 있을 거야."

"생각해 볼게요. 형도 지금 돌아가는 사정이 어떤지 뻔히 알고 있잖아요."

강해찬은 공권력을 동원했다.

그 공권력 앞에 개인의 힘은 무기력하다.

강해찬도 그 점을 노리고 언론과 국민의 힘을 빌려 건형을 압박하고 있었다.

이때 건형이 할 수 있는 건 딱히 없다.

만약 그것이 법으로 제정된다면?

건형은 그 법을 따르든가 혹은 해외로 이민을 가거나 둘 중 하나를 선택해야 한다.

물론 로비를 해서 국회의원들을 자신의 편으로 만든 다음 그것을 무력화시키는 방법도 있다.

그러나 건형은 로비에 대해 대단히 부정적인 입장이다.

무엇보다 국회의원들한테 자신의 돈을 먹이고 싶은 생각은 더욱더 없었다.

결국 선택은 건형의 몫이다.

아직 법이 제정되고 발표되기까지는 많은 시간이 남아 있었다.

아버지 묘지를 갔다 온 뒤 건형은 가족과 함께 저녁을 먹었다.

어머니는 걱정스러운 눈길로 건형을 바라봤다.

그녀도 세간에 떠도는 소문을 모르는 게 아니다.

자식이 걱정 안 된다면 그건 말이 안 되는 이야기다.

"건형아, 괜찮니?"

"네?"

"밖에서 떠도는 이야기들 말이다. 괜찮은 거니?"

아영 표정도 편치 않았다.

올해 막 대학교를 입학한 신입생치고 무척 우울해 보였다.

아무래도 그녀도 대학교에서 오빠에 대한 이야기를 종종 들은 모양이다.

그리고 대부분 악담 일색이었을 테고.

그녀가 이렇게 껄끄러워할 만한 이유가 되기에 충분하다.

그때 그녀가 입을 열었다.

"오빠. 나는 오빠가 어떤 선택을 내리든 상관없다고 생각해. 누구는 오빠가 나쁜 사람이라고 매도했지만 오빠가 그럴 사람이 아니라고 믿고 있거든. 오빠, 힘내."

건형은 그녀 말에 미소를 지어 보였다.

그래도 자신을 응원해 주는 가족들이 있기에 힘을 낼 수 있는 게 아닌가 싶었다.

그렇게 밥을 다 먹어갈 무렵 연락이 왔다.

연락을 해 온 건 태원 그룹이었다.

'이 시간에 연락을 해 올 만큼 급한 일이 있던가?'

주말 저녁이다.

무슨 일인지 의아했다.

그는 방 안으로 들어와서 전화를 받았다.

"예. 전화 받았습니다."

[박 실장님, 저 에너지 연구 개발팀 팀장 이덕유입니다.]

"아, 예. 알고 있습니다."

태원 그룹은 BP와 연구 협약을 맺은 다음 에너지 연구 개발팀을 신설했다. 그리고 외국에서 차세대 에너지 관련해서 꽤 명망 높던 이덕유 박사를 스카웃해 왔다.

이덕유 박사는 지금 건형이 아이디어를 제공한 차세대 에너지를 연구 중이었고 순조롭게 진행 중이라고 들었다.

[한 가지 여쭤 볼 게 있어서 늦은 시간에 연락드렸습니다.]

"예, 무슨 일인지 모르겠지만 말씀하시죠."

이덕유 박사는 외국 대기업들의 높은 연봉을 거절하고 국내로 리턴한 특이 케이스다. 그리고 태원 그룹이 신설한 에너지 연구 개발팀에 입사한 그는 자신이 입사한 이유는 전적으로 박건형이 태원 그룹의 전략 기획실장이어서라고 밝혔다.

이십 대에 불과한 건형에게 전략 기획실 실장이라는 태

원 그룹의 중추적인 위치를 맡긴 만큼 자신 역시 태원 그룹을 믿고 입사하겠다고 포부를 밝힌 것이다.

그래서일까.

건형이 태원 그룹을 퇴사한다고 밝혔을 때 누구보다 가장 아쉬워한 게 바로 이덕유 박사였다.

[오늘 박 실장님이 주신 자료를 모두 검토 끝냈습니다. 전혀 생각지도 못했던 것들이 많아서 여러모로 깜짝 놀랐습니다. 이렇게 생각을 바꿀 수 있구나, 라는 걸 깨닫게 되더군요.]

"칭찬, 감사합니다."

[서론이 길었군요. 어쨌든 전부 다 검토를 끝냈는데 약간 이상한 점이 있었습니다. 분명히 이 방식으로만 에너지 개발을 할 수 있다면 향후 대체 에너지 시장에서 이 에너지는 세계 최고의 자리를 굳건히 지킬 수 있을 겁니다. 그런데 관건은 어떻게 이 에너지 원천을 마련하냐는 것이었습니다. 자연의 에너지를 추출한다고 해 두셨는데 그 작동 원리는 없더군요. 이게 없으면 아무 쓸모도 없다는 생각이 듭니다.]

이덕유 박사 말에 잠시 고민하던 건형이 대답했다.

"지금 회사에 계십니까?"

[예, 그렇습니다. 회사 연구소에 있습니다.]

"그러면 지금 연구소로 곧장 가겠습니다. 회사에서 뵙겠습니다."

[예, 기다리고 있겠습니다.]

태원 그룹의 연구소는 경기도 용인시에 마련되어 있다.

이름하여 태원 미래 에너지 기술 연구소로 불리는 곳이다.

이덕유 박사가 이곳 연구소의 총괄 책임자로 연구소장이기도 하다.

늦은 저녁 건형이 부리나케 달려오자 이덕유 박사가 다급히 마중을 나왔다.

"박 실장님이 이렇게 먼 길을 와 주셔서 정말 감사합니다."

"다른 사람이면 몰라도 이덕유 박사님이 아닙니까? 당연히 시간을 내야 마땅한 일이죠. 그래서 박사님께서 걱정하시는 부분이 뭔지는 잘 알 거 같습니다. 지금 연구소에는 모두 몇 명이 있습니까?"

"저를 포함해서 모두 일곱 명입니다. 다들 이 새로운 에너지에 감탄을 금치 못하면서 부지런히 연구 중입니다."

"고생이 많으시군요. 음, 일단 안으로 들어가시죠. 제가 박사님께 보여드릴 게 있습니다."

"저한테만 보여주시는 건가요?"

"그렇습니다. 아직 다른 분들한테는 보여드릴 수가 없는 거라서……."

이덕유 박사가 고개를 끄덕였다.

그 뒤 두 사람은 연구소 지하 1층으로 향했다.

이덕유 박사가 들어오자 연구소 사람들이 하나같이 인사를 해 왔다.

그러다가 그 뒤 건형이 들어오자 다들 경외감에 어린 얼굴로 건형을 바라봤다.

그들에게 건형은 신앙 같은 존재다.

그럴 수밖에 없다.

헨리 잭슨, 스티븐 윌리엄스 등 저명한 학자들과 두루두루 교류를 맺고 있을 뿐만 아니라 건형은 리만 가설을 증명하기까지 했다.

이미 그는 여러모로 학계에서 대단히 유명하다.

실제로 외국의 몇몇 대학교들은 건형을 교수로 초빙하려는 모습을 보이기도 했다.

건형도 그 제안에 관심을 가지고 있었다.

누군가를 가르친다는 건 그 자체만으로 대단히 흡족한

일이니까.

그때 이덕유 박사가 동료 박사들에게 말했다.

"나는 잠시 박 실장님하고 이야기를 나눠야 할 거 같으니 자리를 비워 주겠나?"

"아……."

두 박사의 대화다.

한 명은 세계적으로 권위 있는 크렐레 저널에 논문을 정식으로 싣고 전 세계적으로 인정받고 있는 대단히 저명한 학자.

다른 한 명은 에너지 관련하여 최근 들어 주가를 높이고 있는 신진 학자다.

그런 두 사람이 나누는 대화다.

그들에게는 적지 않은 공부가 될 수 있다.

그러나 자리를 비켜 달라고 하니 아쉬움이 남을 수밖에 없다.

그것도 잠시 그들이 자리를 비켰다.

건형은 연구소 지하 1층에 마련된 연구동에 들어간 다음 이덕유 박사에게 완전기억능력을 이용해서 만들어 낸 응축된 자연의 에너지를 만들어 보여 줬다.

처음 그것을 본 이덕유 박사는 건형이 마술을 하고 있는 게 아닌가 생각했다.

그러나 그것도 잠시 건형이 지금 보여 주는 게 실존하는 것이라는 걸 알게 된 이덕유 박사는 감탄을 감추질 못했다.

"대, 대단하군요. 이것은……."

"예. 저만 가능한 것이죠. 그래서 저는 사실 크게 걱정하지 않고 있습니다. 정부에서 이 기술을 원한다고 하면 그들에게 줘도 됩니다."

"어차피 이것은 껍데기일 뿐이군요. 알맹이는 그 에너지고요. 결국 이것은 박 실장님이 없으면 쓸모가 없겠군요."

"그런 편이죠. 저는 이 박사님이 이 에너지를 담을 그릇을 만들면 그 안에 에너지를 채워 드릴 겁니다. 많은 양을 채워 드리진 않을 것입니다."

"누군가 이걸 외부에 빼돌리게 될 수도 있을 테니까요."

"예. 그렇습니다. 박사님께서 해 주실 일은 이 에너지를 담을 그릇을 완성해 주시는 겁니다."

"……그런데 놀랍군요. 어떻게 이게 가능한 것인지. 저는 처음에는 박 실장님이 저를 놀리시는 건가 했습니다."

"하하. 마술일 리가요. 어쨌든 앞으로 잘 부탁드리겠습니다."

"제가 하는 건 고작 이 에너지를 담을 그릇을 만드는 것

뿐인데요. 크게 어렵지 않을 거 같습니다."

"아닙니다. 그것 말고 이 기술을 상용화시킬 방법도 마련해 주셔야죠. 어쨌든 기업이라는 건 영리를 위해 움직이고 그 영리를 위해서 우리가 직접 관련 제품을 특허 낸 다음 팔아먹는 것도 나쁘지 않을 테니까요."

"하하, 알겠습니다."

"BP 그룹의 움직임은 어땠던가요?"

"아까 보신 동료들 중 두 명이 BP에서 나온 박사들입니다. 제가 연구소장으로 있고 그들이 객원 박사로 일하고 있죠. 다들 열의가 넘칩니다. 걱정하지 않으셔도 됩니다."

"알겠습니다. 무슨 문제 있으면 언제든지 연락 주셔도 좋습니다."

"아, 그리고 하나. 진짜 태원 그룹을 그만두시는 겁니까? 태원에는 아직 박 실장님을 필요로 하는 사람들이 많이 있습니다."

"……고민하고 있습니다."

"부디 잘 생각해 주시길 바랍니다."

"알겠습니다, 박사님."

자신을 믿고 직접 대한민국까지 날아온 이덕유 박사다.

그가 태원 그룹을 퇴사한다면 이덕유 박사도 상심할 수

밖에 없을 것이다.

자신을 믿어 주는 사람이 이렇게 많은데 그들을 등진다는 것도 사실 어려운 일이었다.

집으로 돌아오는 길.

건형은 애써 마음을 다잡았다.

지난번 살던 주택은 모두 처분하고 건형은 강남에 있는 고급 빌라로 이주했다.

층당 한 세대만 거주하는 방식으로 되어 있는 고급 빌라로 연예인, 운동선수 같은 사람들이 주로 머무르는 곳이기도 했다.

주차장에 차를 대고 집에 도착하자 지현이 그를 반갑게 반겼다.

"오늘 왜 이렇게 늦었어요?"

"아, 조금 바쁜 일이 있었어."

"그래도 시간 봐요. 새벽 두 시예요. 그때까지 기다리게 하고. 너무하는 거 아니에요?"

"미안해. 연락한다는 거 깜빡했어. 녹음 작업은 잘되어 가?"

"네. 나름 잘되어 가고 있죠. 그보다 뭐하다가 이제 온 거예요?"

"음, 그러니까……."

건형은 간단하게 오늘 있었던 일에 대해 이야기했다.

최인규 전 대통령을 만나 같이 점심을 먹고 그 이후 지혁과 아버지 묘소를 갔다 온 다음 가족들과 저녁을 먹고 경기도 용인에 있는 태원 그룹 연구소에 가서 이덕유 박사를 만나고 온 일까지.

모든 일을 하나도 빠짐없이 지현에게 이야기했다.

곰곰이 이야기를 듣던 지현이 아쉬워하며 말했다.

"그런 일이면 저도 데려가지. 치."

"응? 무슨 일?"

"아버님 묘소 갔다 온 거요. 저도 한 번도 데려간 적 없잖아요."

"어릴 때는 아버지가 많이 미웠어. 가족들 전부 다 고생시켰으니까. 그때 어머니가 많이 고생했거든. 그래서 여러모로 아버지가 미웠어. 진실을 알기 전까지는 말이야."

"그래서 그동안 한 번도 산소를 안 갔다 온 거예요?"

"응. 어머니가 몇 번 나를 타일렀지만 그때마다 거절했지. 지금 생각해 보면 그것만큼 어리석은 일도 없었지만."

"괜찮아요. 그럴 수 있어요. 오빠 잘못은 아니에요."

"잠깐 앉아서 이야기 좀 할까?"

"네. 뭔데요?"

"앞으로 어떻게 해야 할지 너하고 의논하고 싶어서. 이제 우리는 가족이니까."

실제로 얼마 전 프로포즈를 했던 건형이다.

그 이후 두 사람은 지현의 부모님을 만나 뵙고 왔다.

지현 부모님은 흔쾌하게 두 사람 사이를 허락했다.

어머니한테는 이야기를 드렸다.

조만간 지현이를 데리고 집에 찾아갈 생각이었다.

"오빠 마음이 중요하죠. 저는 뭐든 상관없어요."

"만약 그 일로 가수를 관둬야 한다면? 그럴 때는 어떻게 하려고?"

"……그래도 괜찮아요."

지현이 대답했다.

건형은 그 모습에 지현을 말없이 끌어안았다.

자신을 위해 이렇게까지 마음먹은 지현이 너무나도 사랑스러워서였다.

그리고 며칠 뒤 소문으로만 떠돌던 이야기가 구체화되기 시작했다.

강해찬 국회의원을 포함해서 여당 국회의원 열 명이 입

법안을 제출한 것이다.

〈국가과학기술특별법 입법안〉

그것은 건형을 대놓고 표적으로 삼은 입법안이기도 했다.

쾅!

기사를 읽은 정용후 회장이 얼굴을 파르르 떨었다.

여당 국회의원들이 미친 게 아닌가 싶었다.

대놓고 황금알을 낳는 거위의 배를 가르려 하고 있었다.

"이건 상식적으로 말이 안 되는 행동이지 않나! 그러다가 박 실장이 외국으로 이민을 가 버리면 어쩌려고 그러냔 말이야!"

"할아버지, 고정하세요."

"지수야. 이 일을 어떻게 해야 할 거 같으냐? 이번 차세대 에너지는 박 실장이 없으면 아무 의미가 없는 기술이다. 너도 알고 있지 않니. 태원 그룹이 성장하려면 그가 반드시 필요하단 말이다."

"할아버지……."

지수도 할아버지 말에 고개를 끄덕여 보였다.

그의 말이 맞았다.

지금 태원 그룹에는 그가 반드시 필요했다.

문제는 국회의원들이 여론을 호도해서 그를 저버리려고 한다는 점이었다.

"방법을 마련해야겠다. 방법을."

"……그래야 할 거 같아요."

지수도 고개를 끄덕였다.

어떤 식으로든 그들도 움직여야 했다.

이대로 내버려 뒀다가는 건형이 외국으로 이민 가 버리는 건 식은 죽 먹기보다 더 쉬울 거 같았기 때문이다.

건형도 아침을 먹으면서 신문을 읽고 있었다.

신문을 통해 강해찬 국회의원이 입법안을 발의하기로 했다는 걸 보며 그는 인상을 구겼다.

"기어코 이렇게 나선다는 것이군."

강해찬 국회의원은 결단을 내린 듯했다.

정공법으로 해서는 자신을 몰아낼 수 없다고 생각한 듯 우회적으로 돌아와서 전략적인 수를 쓰기로 한 셈이다.

그리고 그것은 건형을 외국으로 쫓아내는 것이었다.

건형만 없으면 그들이 머리 아파할 일이 없어지게 되니까.

어떻게 보면 강해찬은 현명한 선택을 한 셈이다.

건형 스스로 지금 진절머리가 나서 외국으로 이민 가는 걸 진지하게 고민 중이었으니까.

"오빠, 저 먼저 회사 가 볼게요."

"아, 그래."

아침밥을 먹고 난 뒤 지현은 김정호 실장의 밴을 타고 레브 엔터테인먼트로 떠났다.

그녀를 보내자 집 안이 조용해졌다.

건형은 쇼파에 앉아 텔레비전을 틀었다.

백수가 됐다는 게 새삼 실감이 나고 있었다.

"MTV뉴스 박이정입니다. 다음 소식입니다. 최근 들려온 소식에 의하면 영국 BP 그룹이 국내에 우수한 인재들이 많다고 생각하고 인턴십 기회를 여러 차례 마련하려고 노력 중이라고 합니다. 그리고 태원 그룹에서 근무한 바 있으며 리만 가설을 증명했던 박건형 씨를 스카웃해 갈 움직임을 보이고 있다고 합니다. 자세한 소식은 런던에 나가 있는 특파원을 연결해서 들어보도록 하겠습니다. 김상중 씨? 들리시나요?"

"아, 런던에서 특파원 김상중입니다. 저는 지금 BP 그룹 본사 건물 앞에 나와 있습니다. 박이정 아나운서가 말씀하신 대로 BP 그룹은 국내에 인턴십 기회를 마련하려고 움직임을 보이고 있다고 합니다. 실제로 어제 제가 직접 BP 그룹의 대외홍보팀장을 만나서 녹음한 인터뷰 영상을 보여드리겠습니다."

화면이 넘어가고 인터뷰 영상이 나왔다.

젊고 능력 있어 보이는 중년인이 나와서 한국 기자와 이야기를 나누고 있었다.

그는 국내에 촉망받는 인재들이 많이 있다고 들었으며 이번 기회를 통해 다양한 인턴십 기회를 마련하고 싶다고 밝히고 있었다.

뿐만 아니라 박건형에 대해서도 언급하며 그를 BP 그룹의 핵심 인력으로 데려오고 싶다는 이야기도 슬그머니 흘렸다.

"국내에 고학력자들이 취업을 하지 못해서 곤란한 상황인데요. 이렇게 다양한 외국계 기업들이 국내 지원자들의 사정을 헤아려줬으면 하는 바람입니다. 그러면 다음 소식입니다. 강해찬 국회의원을 포함해서 여당 국회의원 열 명이 오늘 입법안을 발의했는데요. 자세한 이야기는 국회에 있는 장용백 기자에게 들어보겠습니다. 장용백 기자?"

"예, 장용백입니다. 오늘 강해찬 국회의원을 비롯한 여당 의원 열 명이 국가과학기술특별법 입안을 예고하고 나섰습니다. 국가과학기술특별법은 최근 논란이 되고 있는 태원 그룹의 차세대 에너지 때문에 만들어지려고 하는 법안인데요. 태원 그룹은 BP 그룹과 연구 협약을 맺으면서 여러 차례 논란에 휩싸였습니다. 국내 원천기술이 해외에 유출될 수 있다는 위험성과 국내 대다수 핵심 인력들이 해외로 대거 빠져나갈 수 있다는 것 때문인데요. 그것을 미연에 방지하고자 관련 법 개정을 나선 것인데요. 이 법안이 통과될지 통과되지 않을지 귀추가 주목됩니다."

"현재 여론에서는 그 법안을 놓고 갑론을박 중인데요. 개인의 기술을 국가가 강제하는 건 타당하지 않다라는 것과 개인의 기술이어도 그 기술이 국가적으로 보호해야 마땅한 기술이라면 구속력을 가질 수 있다, 라는 의견으로 나뉘더군요. 그 부분에 대해서는 알아보셨습니까?"

"예. 관련 법 전문가분들을 찾아가서 이야기를 들어 봤습니다."

그리고 인터뷰 영상이 나왔다.

국내 여러 유명 대학교의 법학과 교수들이 나와서 이야

기를 나눴다.

그들 중 대다수는 국가가 개인이 가지고 있는 기술을 강제로 국가 소유로 만들 수는 없다고 주장했다.

그러나 일부는 그 기술이 만약 국가의 존망을 가를 수 있을 만큼 대단히 중요도가 높은 것이라면 다르게 생각해볼 수 있다고 하면서 말을 아꼈다.

어찌 되었든 그들 대부분의 의견은 개인의 것을 국가가 강제할 수 없다는 것이었다.

엄연히 이것은 개인의 사유 재산을 국가가 침탈하는 성격을 가지고 있어서였다.

그렇게 텔레비전을 보고 있을 때였다.

스마트폰이 울렸다.

그에게 전화를 걸어온 건 BP 그룹 회장 체스터 브로만이었다.

[잘 지내고 있나?]

"오랜만이군요. 브로만 회장님."

[아아, 그래. 그동안 여러 차례 전화하려고 했지만 기회가 나질 않아서 그러질 못했네.]

"괜찮습니다. 오늘은 기회가 생겨서 전화를 하신 모양이군요."

[그래. 자네가 태원 그룹을 퇴사했다는 이야기를 들었네. 내가 태원 그룹과 연구 협약을 맺은 건 엄연히 자네 때문이라는 거 까먹지 않았겠지? 그런데 자네가 퇴사한다는 건…… 조금 실망스러운 일이군.]

"괜찮습니다. 이미 시제품을 만들고 있는 데다가 어차피 저 없이도 문제없으니까요."

[그렇다면 다행이군. 그보다 내가 이렇게 자네한테 연락한 건 두 가지 이유에서일세.]

"듣고 있습니다. 말하시죠."

[우선 첫 번째, 이번에 우리 BP 그룹의 CEO 자리가 공석이 됐네.]

건형이 고개를 갸웃했다.

원래 BP 그룹의 CEO는 체스터 브로만 회장이었다.

그는 대표이사의 이사회장이자 최고 경영자였다.

즉 그가 회장 겸 CEO를 맡고 있었다.

그런데 CEO 자리가 공석이 됐다는 건 체스터 브로만 회장이 CEO 자리에서 물러났다는 이야기다.

"브로만 회장님이 CEO를 겸임하고 계시지 않았습니까?"

[그러나 나보다 훨씬 더 가치 있는 인재가 눈앞에 뻔히 있는데 CEO를 맡을 수는 없지 않은가. 허허.]

스카웃 제의다.

그것도 태원 그룹 같은 국내에 한정된 대기업이 아니라 세계에서도 수위권에 꼽히는 BP 그룹의 스카웃 제의다.

BP 그룹 회장이 직접 하는.

마음이 솔깃했다.

BP 그룹이라면?

그만큼 더 영향력을 많이 끼칠 수 있다.

그때 체스터 브로만 회장이 또 한 번 떡밥을 던졌다.

[게다가 하나 더 좋은 소식이 있네.]

"그게 무엇입니까?"

건형이 의아한 얼굴로 물었다.

체스터 브로만 회장이 입가에 미소를 그리며 말했다.

[서머싯 공작 각하께서 이번에 여왕 폐하를 만나고 오셨다네. 그리고 자네에 대해 진지하게 이야기를 하신 모양이야. 자네가 한국에서 받는 대접을 듣고서는 여왕 폐하께서도 여러모로 불편하게 생각하신 모양이더군. 그래서 말인데 여왕 폐하께서 자네에게 영국 시민권을 주고 싶은 모양이야. 어떻게 생각하나?]

"……조금 당황스럽군요."

[진지하게 고려해 주게. 여왕 폐하께서는 서머싯 공작 각

하한테 어떻게 해서든 자네를 영국 시민으로 데려오라고 단단히 신신당부를 하신 모양이야.]

건형은 전화를 끊었다.

조국은 자신을 밀어내려고 하는데 영국은 자신을 회유하려고 한다.

참 아이러니한 일이다.

그때 또다시 전화가 걸려왔다.

건형이 연락을 받았다.

이번에 전화를 건 것은 그자였다.

마스터.

미스터 제로.

[생각은 해 봤는가?]

건형은 대답하지 않은 채 생각을 정리했다.

일루미나티.

그들과 갈등을 계속 일으킬 필요는 없다.

그래 봤자 자신에게 손해만 될 뿐이다.

그렇지만 그들이 지현을 납치하려고 했던 일은 용서할 수 없는 행동이었다.

[그때 그 일은 서로 없던 일로 넘어가세. 우리는 그럴 생각이 추호도 없었네. 아이젠하워가 자기 멋대로 저지른 행

동이라네.]

"그보다 왜 전화했는지 용건부터 말하죠."

[다른 이유에서는 아닐세. 이번에 태원 그룹에서 퇴사했다는 이야기 들었네. 차세대 에너지 개발을 미루기로 마음 먹은 것인가?]

"그렇지 않습니다."

[흠, 안타깝군. 나는 자네가 우리하고 보다 가깝게 지냈으면 했는데 말이야. 그 기술을 BP하고만 독점적으로 공유할 생각인가?]

마스터의 말에는 무게감이 있었다.

건형이 물었다.

"무엇 때문에 그러시죠?"

[이왕이면 우리 미국계 기업하고도 같이 교류하면 어떨까 해서 말일세. 독점적으로 푸는 게 좋긴 하지만 그게 가끔 문제를 일으키기도 하니까 말일세. 어떻게 생각하나? 미국의 힘을 업는다는 건 자네에게 엄청난 권력이 생기는 걸 의미하네. 우리와 반목한다고 해서 자네에게 이득이 돌아가는 건 아니지 않은가?]

"⋯⋯생각해 보죠."

[좋은 결정을 내려 주길 바라네. 다시 한 번 말하지만 나

는 자네를 적대시할 생각이 없다네.]

전화가 끊겼다.

오늘만 해도 두 명의 거물과 통화를 했다.

하나같이 세계의 패권을 쥐고 흔드는 자들이다.

그리고 그들 모두 자신을 절절히 원하고 있었다.

오히려 자신을 거부하는 건 대한민국이었다.

마음이 심란했다.

한숨이 저절로 나왔다.

아버지만 아니었다면 여기에 남는 일은 없었을지도 몰랐다.

지금 그가 대한민국에 남아 있는 건 아버지 때문이었다.

그가 남긴 유언.

그게 건형을 지탱하고 있었다.

건형은 텔레비전에서 떠들어 대는 이야기를 뒤로한 채 생각을 계속해서 정리하고 또다시 곱씹어 봤다.

한참 동안 그렇게 고민하던 건형은 자리에서 일어났다.

아무래도 바람이라도 쐬어야 할 것 같았다.

이대로 집안에 틀어박혀 있기보다는 바깥에 나가 바람도 쐬고 답답한 마음도 풀어 버리고 싶었다.

그는 텔레비전을 끈 뒤 주차장으로 내려왔다.

람보르기니를 타고 곧장 그가 향한 곳은 서해였다.

바닷가를 따라 건설된 서해안 고속도로를 타고 상쾌한 바람을 들이마시자 마음이 한결 풀리는 것 같았다.

그렇게 고속도로를 달리던 건형은 근처 휴게소에 도착했다.

허기진 배를 채우기 위해서였다.

선글라스를 낀 채 우동 한 그릇을 받은 건형은 그 자리에서 우동을 해치운 다음 다시 람보르기니로 돌아왔다.

그때 몇몇 사내들이 람보르기니를 둘러싼 채 의기양양해하며 포즈를 취하고 있었다.

개중에는 함부로 보닛 위에 걸터앉는 남자도 있었다.

그 와중에 건형이 다가오자 그들이 얼굴을 구겼다.

자신보다 어려 보이는 놈이 람보르기니를 타고 다니는 모습에 시기를 하고 있는 것이었다.

보닛에 걸터앉아 있던 사내는 여전히 일어나지 않은 채 건형을 쳐다보고 있었다.

"그만 비키시죠."

당연히 건형도 말이 곱게 나올 리가 없었다.

까칠한 그 말투에 몇몇 사내가 옳다구나 생각한 듯 시비를 걸어왔다.

"집에 돈이 많은가 봐? 이런 차도 타고 다니고. 경호원은 함께 안 온 모양이지?"

"부잣집 도련님인 모양인데. 우리가 누군지 알아? 어?"

"밥버러지들이지."

건형이 피식 웃으며 입을 열었다.

그 말에 사내 한 명이 냉큼 달려들었다.

그러나 건형은 가볍게 그의 팔을 꺾어 버렸다.

우두둑—

팔이 부러지는 소리가 났다.

"으아아아악!"

비명 소리가 터져 나왔다.

그러나 주변의 반응은 고요하기만 했다.

애초에 그들이 시비를 걸어왔을 때부터 건형은 완전기억 능력을 펼쳐 놓고 있었다.

그리고 주변에 그 어떤 기척도 느낄 수 없게끔 광역으로 된 막을 채워 두고 있었다.

그렇다 보니 누구도 이 안에 무슨 일이 일어나고 있는지 알 수가 없었다.

"이 새끼가!"

한 사내가 허리춤에서 칼을 빼어 들었다.

사시미다.

건형의 눈매가 날카로워졌다.

이 정도면 보통 건달은 아니다.

조직폭력배다.

게다가 사람을 쉽게 해칠 수도 있는 자들이다.

그 뒤 건형은 다섯 명을 나란히 해치웠다.

건형에게 이들은 몸풀기용도 안 되었다.

팔다리가 부러진 놈들이 땅바닥을 뒹굴거렸다.

아마 한 달 정도는 반병신처럼 지내야 할 터.

그들을 뒤로한 채 건형은 광역막을 풀었다.

그리고 람보르기니에 올라탄 다음 다시 고속도로를 따라
달리기 시작했다.

어차피 그들한테는 아무 증거도 없고 증인도 없는 상황.

자동차 번호판을 기억한다고 한들 상관없는 일이다.

기억을 적당히 조작시켜 뒀으니까.

그때 또다시 휴대폰이 울렸다.

발신자가 뜨지 않는 번호다.

건형이 고개를 갸웃했다.

이 휴대폰은 지혁과 함께 개발해 낸 것이다.

최첨단으로 만들었으며 웬만한 번호는 다 뜨게 되어 있다.

유일하게 예외였던 게 마스터, 그의 전화였다.

그런데 이 번호도 그때처럼 아무것도 떠 있지 않았다.

건형이 전화를 받았다.

"박건형입니다."

[오랜만이군. 그동안 잘 지냈나?]

건형이 그 목소리에 눈을 크게 떴다.

잊을 수 없는 목소리다.

애초에 완전기억능력 때문에 잊는다는 건 불가능한 일이다.

게다가 이 목소리는 더욱더 기억에 남아 있다.

자신에게 일루미나티의 존재를 알려 줬던 바로 그 사내.

지혁을 납치해서 감금해 뒀던 그 남자.

그가 다시 전화를 걸어온 것이었다.

*   *   *

"당신은⋯⋯."

건형이 말끝을 흐렸다.

기억이 난다.

자신에게 일루미나티에 대해 알려줬던 사내다.

그리고 지혁을 납치하기까지 했다.

그 이후 그를 어떻게든 찾아보려 했지만 찾을 수 없었다.

마치 그는 그림자처럼 종적을 찾을 수 없는 사내였다.

그런 그가 자신에게 다시 연락을 해 왔다.

"어디십니까?"

[내가 어디에 있겠나? 미국일세.]

"미국……."

한번 만나 보고 싶은 사내다.

그러나 미국이라면 가기 힘들다.

그런 건형의 마음을 읽은 듯 그가 웃으며 말했다.

[하하, 나를 보고 싶은 모양이군. 그런데 미국에 있다니까 못 보러 오고 있고. 월스트리트에서 가장 영향력 있는 자네가 정작 미국은 오지 못한다니. 그것참 아이러니한 일이군.]

"일루미나티 때문이죠."

[일루미나티라고 해도 대낮에 자네를 납치할 수는 없어. 그러려고 하지도 않을 테고. 그랬다가 괜히 자네와 관계가 더 악화되면 일루미나티는 극심한 손해를 입게 될 수 있기 때문이지.]

"당신은 누구죠?"

[내가 궁금한가? 그러면 나를 찾아와. 나는 언제나 이 자리에서 기다리고 있을 테니까.]

　"저는 당신의 능력을 알고 있습니다."

　그는 자신의 정반대되는 능력을 가지고 있다.

　건형의 능력이 완전기억능력이라면 그의 능력은 완전제거능력이다.

　[나 역시 자네의 능력을 알고 있지. 그리고 우리는 알고 있지. 서로가 서로의 능력을 쓸 수 있다는 걸 말이야.]

　"……예, 그렇죠."

　실제로 건형은 지혁의 기억을 되살린 적이 있다. 그리고 기억을 지워 본 적도 있다.

　모든 길은 하나로 통한다고 했다.

　만류귀종.

　완전기억능력과 완전제거능력은 동전의 앞면과 뒷면 같은 것이다.

　어떤 식으로 쓰느냐에 따라 쓰임새가 달라질 뿐 본질은 같다.

　인간의 뇌를 조작하는 것.

　그것이 바로 본질이다.

　그런 점에서 두 능력은 닮아 있다고 할 수 있다.

어쨌든 건형 입장에서 그는 대단히 흥미로운 사내다.

한 번쯤 만나 보고 싶은 게 사실이다.

자신의 능력을 갖고 있는 사내다.

이건 일루미나티도, 르네상스도, 로얄 클럽도 모르는 비밀이다.

[그런데 자네 꽤 복잡한 상황에 처했더군.]

"알고 있군요."

[그럼. 나는 각종 정보에 대단히 관심이 많은 편이라고. 여러모로 복잡한 상황에 처해 있던데 어떻게 할 생각이지? 이대로 조국을 등질 생각인가?]

"글쎄요. 고민 중입니다. 그게 중요합니까?"

[르네상스에서는 어떤 식으로든 자네를 회유하려 했을 가능성이 높거든. 아마 서머싯 공작이 여왕을 만나고 왔다고 하면서 자네한테 시민권을 주고 싶겠다고 이야기했겠지. 내 말이 맞나?]

귀신같은 사내.

건형이 조심스럽게 대답했다.

"예, 그렇습니다."

이미 건형은 람보르기니를 갓길에 세워 둔 채 그와의 대화에 집중하고 있었다.

그가 웃으며 말했다.

[그럴 거 같더라니까. 하하. 르네상스의 방식은 항상 구식이지. 로얄 클럽으로부터 연락 온 적은 없었나?]

"예."

[그래. 언제나 그들은 신중하지. 때로는 너무나도 신중해서 귀한 사람을 놓치곤 하지만 말이야. 아마 그들은 자네가 개발 중인 차세대 에너지에 대해 여러모로 골치가 아플 거야. 자네가 자신들과 대단히 친밀해졌다고 생각했는데 뒤통수를 제대로 얻어맞은 셈이니까. 가뜩이나 석유 가격은 날이 갈수록 추락 중이고.]

그럴 만하다.

로얄 클럽은 중동을 근간으로 하고 있다.

즉 그들의 힘은 석유 에너지다.

그런데 건형이 이번에 차세대 에너지를 발표했다.

그들 입장에서는 건형이 자신들을 죽이려고 하고 있다고 생각할 수도 있는 일이다.

로얄 클럽 입장에서는 건형이 개발하려고 하는 차세대 에너지가 석유 에너지를 뿌리째 흔들 수 있는 대단히 위험한 에너지인 셈이니까.

즉 건형이 이번에 개발한 차세대 에너지가 일루미나티,

로얄 클럽 그리고 르네상스 세 곳의 판도에 균열을 가게 한 셈이다.

그렇다 보니 그들은 주판을 두드리며 셈을 계속 헤아릴 수밖에 없었다.

자신에게 이득이 되는 방향을 찾아야 했으니까.

사내는 그것을 짚고 나선 것이다.

[여기서 자네의 선택이 그 어느 때보다 더 중요해졌다고 할 수 있지. 르네상스를 선택한다면 로얄 클럽은 자네를 적대시하기 시작할 거야. 그것은 일루미나티도 마찬가지일 테지. 반면에 일루미나티를 돕는다고 하면 그것도 꽤 복잡한 일일 거야. 르네상스와 로얄 클럽, 두 곳 모두 일루미나티를 껄끄럽게 생각하고 있거든. 적대시한다고 봐도 무방하지. 어쨌든 여러모로 골치 아픈 상황이야. 세 비밀조직의 균형점 위에 자네가 놓여 있으니까.]

정확한 이야기다.

그 말대로 지금 건형은 일루미나티, 르네상스 그리고 로얄 클럽. 이 세 비밀 조직의 균형점 사이에 놓여 있다.

그가 움직이는 방향에 따라 무게추가 달라질 테고 힘의 균형도 깨질 것이다.

즉 건형이 키포인트인 셈이다.

그렇다 보니 세 곳 모두 건형을 탐내고 있는 것이다.

비교적 신중한 로얄 클럽을 제외한 나머지 두 곳은 계속해서 건형에게 들이대고 있는 것이고.

결국 선택은 건형의 몫이다.

그러나 그 책임도 건형이 져야 한다.

사내는 지금 그 점을 이야기하고 있었다.

[어쨌든 선택은 자네가 내려야겠지. 신중하게 결정하길 바라네. 아니면 그 균형점을 그대로 지키는 것도 나쁘지 않은 방법이 될 거야.]

"어디서 살고 계시죠?"

[뉴욕. 뉴욕으로 오면 나를 만날 수 있지.]

"……언제 한번 찾아가죠."

전화가 끊겼다.

건형은 생각을 정리했다.

아무래도 한번 그를 만날 필요가 있었다.

문제는 뉴욕이 일루미나티의 근거지라는 점이다.

일루미나티가 핵심적으로 분포해 있는 곳이 바로 뉴욕이다.

무슨 해코지를 당할지 알 수 없다.

'아무래도 마스터, 그자를 핑계로 뉴욕을 한번 갔다 와

봐야겠어.'

그를 만나는 것은 여러모로 건형한테 중요한 일이었다.

드라이브를 끝낸 뒤 집으로 건형이 돌아왔다.

그때 회사에서 연락이 왔다.

레브 엔터테인먼트였다.

지현의 앨범이 완성됐기 때문에 한번 들으러 오라는 것
이었다.

건형은 즐거운 마음으로 레브 엔터테인먼트로 향했다.

그런데 정문 쪽이 시끄러웠다.

기자들이었다.

아무래도 이번 입법안을 놓고 시끄러운 가운데 건형에게
그 의견을 물어보고 싶은 모양이었다.

그래서일까.

정문 쪽은 기자들과 사생팬으로 얽혀 있어서 여간 복잡
한 게 아니었다.

그때 건형의 애마로 알려진 노란색 람보르기니가 오자
여러모로 부산스러워졌다.

노란색 람보르기니가 건형이 즐겨 타는 자동차라는 건
익히 알려진 이야기였기 때문이다.

건형은 그들을 뒤로한 채 지하 주차장으로 내려왔다.

그런 다음 차를 주차시킨 다음 빌딩으로 올라가기 시작했다.

건물 안에도 기자들이 몇몇 들어와 있는 듯했다.

그러나 건형은 은근슬쩍 완전기억능력을 퍼트려서 자신의 인기척을 지운 다음 곧장 녹음실로 발걸음을 옮겼다.

녹음실은 철두철미하게 지켜지고 있었다.

지현의 새로운 앨범이 녹음되었다.

외부 유출을 막기 위해서라도 이건 당연한 일이었다.

건형이 녹음실에 도착하자 지현이 환하게 그를 반겼다.

"왔어요?"

"응. 녹음은 다 끝난 거야?"

"네. 이제 앨범만 발표하면 돼요. 음원 먼저 나오고 앨범이 그다음 나오겠지만요."

"기대할게."

"네. 기대해도 좋을 거예요."

지현이 환하게 미소를 지어 보였다. 마치 그녀 뒤로 햇살이 쏟아져 내리는 것만 같았다.

그때 녹음실 담당 기사가 지현이 부른 신곡을 틀기 시작했다.

아름다운 선율로 시작해서 특유의 사람의 마음을 치유하는 듯한 음색과 어울리는 예쁘장한 가사가 흘러나오기 시작했다.

지현이 마음을 담아 부른 노래다.

당연히 듣는 사람들 입장에서는 최고의 노래일 수밖에 없다.

첫 번째 트랙부터 일곱 번째 트랙까지 준비된 일곱 곡이 차례차례 흘러나왔다.

그리고 노래를 다 들은 뒤 건형이 미소를 그려 보였다.

"완벽한데? 진짜 최고였어."

정말이지 믿기지 않는 능력이고 재능이다.

그녀의 노래는 사람의 마음을 뒤흔드는 그런 힘이 있었다.

그렇기 때문에 가사를 모르는 사람들도 그녀의 노래를 들으면 마음이 울리는 그런 느낌을 받게 된다.

"전부 다 제가 작곡, 작사한 노래예요. 어떤 노래가 가장 좋았어요?"

이건 흡사 엄마가 좋아요? 아빠가 좋아요? 라고 묻는 것이나 다름없다.

건형은 대답을 피했다.

대답해 봤자 자신한테 유리한 게 하나도 없다는 걸 알고 있어서다.

그는 대답 대신 입가에 미소를 그려 보일 뿐이었다.

노래를 다 듣고 난 뒤 건형은 정 사장을 만났다.

정 사장은 극찬에 극찬을 거듭했다.

이번 앨범도 음원 파워가 장난 아닐 것이라고 이야기하며 이미 모든 음원 사이트들과 이야기를 해 둔 상황이라고 했다.

남은 건 출시일을 기다리는 것뿐이었다.

문제는 그게 아니었다.

건형의 일로 최근 들어 부쩍 늘어난 지현의 안티.

그들이 문제였다.

그들 중 일부는 대놓고 지현을 협박하며 또 인신공격까지 하고 있었다.

건형도 그 사례를 들으며 분노할 수밖에 없었다.

개중 몇몇은 입에 담기 힘들 정도로 험한 말을 했다는데 어떻게 하면 사람의 탈을 쓰고 그런 짓을 저지를 수 있는지 의심이 갈 정도였다.

"몇몇은 법적 대응을 생각 중이네. 충분히 그럴 만한 사안이라고 보고 있고."

"그런데 고양이? 이건 뭡니까?"

개중 어떤 SNS에서는 비난을 했던 당사자가 댓글을 남겼는데 그 댓글이 가관이었다.

우리 집 고양이가 댓글을 남겼어요, 라고 이야기를 하고 있었다.

그것을 본 건형도 당혹스러운 마음을 감출 수가 없었다.

"막상 고소당한다는 이야기를 들으니까 책임을 지기 싫어서 저렇게 댓글을 단 거지. 어처구니가 없는 일이지. 어휴."

"그러게 말입니다. 진짜 곤혹스럽군요. 사장님께서 이 문제는 잘 해결해 주십시오."

"물론이지. 우리 회사의 대표 가수는 누가 뭐라 해도 지현이니까. 내가 챙겨야지."

"감사합니다. 그러면 제가 신경 쓸 일은 없는 거군요."

"그런 셈이네. 점심이나 같이 하겠나?"

"회사 식구들끼리 말입니까?"

"아, 그건 저녁에 회식하기로 했고. 점심에는 다른 엔터테인먼트 대표들하고 함께 만나기로 했어. 자네는 우리 회사 상무이사니까 같이 만나도 되지 않을까 해서 말이야. 어떤가?"

그래도 대한민국 엔터테인먼트 업계를 이끌어 가는 사람들의 만남이다.

흥미가 생겼다.

건형이 고개를 끄덕였다.

"그렇게 하죠."

"좋아. 그러면 같이 가도록 하자고. 아무래도 자네 차는 조금 눈에 띄니까 내 차를 타고 가세."

"멀리서 만나기로 한 겁니까?"

"그건 아니고. 근처 호텔 레스토랑에서 보기로 했는데 요새 기자들이 워낙 닦달이어서 말이야. 그렇다 보니 그냥 자동차를 타고 움직이는 게 훨씬 더 편하더란 말이지. 그런데 여기 올라오면서 기자 한 명도 만나지 못한 건가? 우리와 협력 관계에 있는 기자들도 요새 난리가 아니란 말이야. 마음 같아서는 내쫓아 버리고 싶지만 그랬다가는 나중에 무슨 일이 생겼을 때 우호 기사를 써 줄 만한 기자가 한 명도 없어지니까 그럴 수도 없고."

정명수 사장이 계속해서 애로 사항을 드러냈다.

"자, 그럼 자세한 건 가서 이야기하도록 하자고."

건형은 정명수 사장과 함께 지하 주차장으로 내려왔다.

그런 다음 정명수 사장의 벤츠 S클래스를 타고 삼왕 호텔로 향했다.

삼왕 호텔은 삼왕 그룹이 강남에 세운 5성급 호텔이다.

오늘 모임은 이곳에서 열리기로 되어 있는 모양이었다.

정명수 사장이 도착한 다음 레스토랑 직원에게 다가가서 말했다.

"레브 엔터테인먼트의 정명수네. 오늘 이곳에 약속이 되어 있네."

"아, 그런데 혼자 오신다고 들었습니다만……."

종업원이 정명수 사장 옆에 있는 건형을 힐끗 보며 물었다.

그 말에 정명수가 웃으며 말했다.

"우리 회사 상무이사일세. 같이 들어가도 될 걸세."

"아, 예. 알겠습니다."

그는 건형과 정명수를 데리고 미리 예약되어 있는 방으로 향했다.

정명수 사장이 건형에게 잠깐 기다려 달라고 말한 뒤 먼저 방 안으로 들어갔다. 그리고 잠시 안에서 이런저런 이야기가 오고 가는가 싶더니 정명수 사장이 건형을 불러들였다.

"박 이사, 들어오게."

"커험. 도대체 누구길래 이 자리까지 데리고 온 건지……."

불평 어린 목소리가 들렸다.

아무래도 정명수 사장은 자신이 누구인지 제대로 이야기하지 않은 모양이었다.

'하여간 짓궂다니까.'

그리고 방문을 열고 건형이 들어왔을 때.

건형을 본 순간 방 안에 자리를 잡고 있던 여러 엔터테인먼트 사장들이 눈을 휘둥그레 떴다.

설마하니 이 자리에 건형이 나올 줄은 상상조차 못 해서였다.

〈다음 권에 계속〉